# 冰河時代

油鹽柴米的代價，將時光全都糟蹋

張資平 著

「野蔬充膳甘長藿，落葉添薪仰古槐。」

貧賤夫妻百事哀，當感情已撐不起柴米油鹽醬醋茶的消磨時，
該如何度過漫漫長夜？

# 目錄

# 目錄

## 兵荒

# 雪的除夕

# 雪的除夕

## 一

「那麼明年再見了。」

「是的，要明年才得見面了。是的，代我問候問候B君，我明天不來拜年了。」

雪片下得愈大了，V和Y由學校出來，冒著雪跑到街口的三叉路口來了。各都懷著一束破票子——每張值一吊錢的官票——想趕快點回家去。他們就在這路口分手了。

一早就下雪，到了下午的四五點鐘時分下得更大了。V今早出來時沒有帶傘，他穿的由舊衣服店買來的那件黑呢馬褂滿披著雪花了。

今年陰曆十二月沒有「三十」那一天的。今天是二十九，明天就是乙丑年的正月初一日了。昨晚上他一晚上沒有睡，翻來覆去的很擔心著學校的代表失敗，向政府要不到款，那麼他的一家五口漫說過新年，就連明天一天的三頓飯都怕不能全吃了。他聽見十二點，一點，二點響過去。他雖然閉著眼睛，但總睡不著。他再籌思，如果明天分不到那幾十塊錢，不能不向那一位朋友借點錢把這年關度過去。但想到朋友，他有些喪膽了，因為現代的朋友是講交情的，談不得金錢的。

學校的錢不能分，朋友處又借不到錢時，那只好把身上穿的一件爛舊的皮袍子拿到當店裡去了。這麼舊而且爛的袍子又能當得多少錢呢？但除當皮袍子外又有什麼方法呢？是的，明天一早到代表那邊去問問，看校款的交涉成功了沒有。若沒有希望，就快把皮袍子脫下送到當店裡去。過了正午，當店是要關門不做生意的。那麼明天起來就穿那件棉長褂子吧。不要穿皮的了。穿上了後又要脫下來，雖不是說怕受寒，但心裡總有點不舒服。

他翻來覆去的把這幾件事循環不息的考慮了一個通宵。剛要天亮的時分，他的腦殼疲倦極了，待要睡了，他的男孩子——生下來一週年又五週月的小孩子——又醒來哭起來了。續兒（V 的小孩子的名）近這兩天來像受了點寒，微微的發熱，他的左眼不時的流了點眼淚出來——並不是哭的時候流的眼淚，只左眼睛會流眼淚。每從夢中醒來就要痛哭一陣。待要睡下去的 V 聽見續兒的哭聲再不能睡了。他把微微地發著熱的頭從被窩裡伸出來。幾束灰白的光線從破壞了的窗扉上的間隙射進來。他感著今晨的空氣特別的冷。

「植庭！植庭！」植庭是 V 的舅父的兒子，V 的外祖父托給他帶到 W 城來進

# 雪的除夕

學的。他今年十六歲了，V因生活困難——學校領不到薪水——沒有餘錢送他進學——V不想久住W城也是不送他進學校的一個理由，——只把他當個聽差用了。V發窮氣的時候還要打他幾掌或罵他幾句。V帶他的表弟植庭來W城後，可以說是沒有一點好處給他——除打罵之外沒有好處給他。只有這一點——每晚上和他的表弟同一床睡的一點，V或可以對得住他的表弟吧。「植庭！植庭！」V連叫了他的表弟兩聲，把睡在他身旁的一個又小又黑的童子推醒。植庭的歲數說是十六，聽說他的母親不足月數的把他生下來，從小就不善發育，看來不過是個十二三歲的人。

「冷！」植庭爬起來，把衣服穿上。

「快把窗門打開，放光進來。阿續兒看見黑又要哭的。」V夫人抱著續兒坐在內首的一張床裡催著植庭開窗。

植庭下了床爬上靠面南的窗下的書案上站著，先把兩扉玻璃窗扉向裡面開，再把兩扉破爛了的洋鐵窗扉向外推。強烈的白光和一陣寒風同時由窗口沖進來。

「×哥！下雪了喲！滿地都是白的！」嶺南生長的植庭是初回看見雪，禁不住歡呼起來。

「大驚小怪的幹什麼！今天沒飯吃呢！」V還是睡著很煩憂的不願意起來。

植庭給V罵了後，知道他的表兄因為沒有錢過年又在發窮氣了，他忙跑到火廚下去向火，和老媽子說笑去了。

「你過來看看續兒的左眼又淌眼淚了，並且比昨天流得多些。我看還是引他到醫院去看看吧。」V夫人很傷心的說了後嘆了口氣。

「爸爸！爸爸！爸爸！」續兒坐在母親的懷裡喊他的父親。他雖然不很會說話，但他很會聽，他知道他媽媽是在向他爸爸說話，他也跟著催V起床。

V起床了。他真的把皮袍推在一邊，把棉長褂子穿上，跑到內首的一張床的面前揭開帳口，把穿著一件紅色的毛織衣的續兒抱在胸前，由外面的雪反射進來的強烈的白光射到續兒的臉上來了，續兒把雙目了一，由左眼睛裡滾出幾顆淚珠來。

「不是有點發熱麼？你看，沒有目糞，也不見化膿，絕不是眼病。把點解熱藥給他服下去，大便一通就會好的。不要白花錢叫醫生看。叫醫生看還不是用硼酸水洗麼？自己不會洗麼？」

「大鯽鯽！」續兒看見V不即抱他到樓上去看大鯽鯽，只顧說話，一邊呼著「大鯽鯽」，一邊握著他的小拳向V的左頰上連捶了兩捶。續兒叫魚叫鯽鯽，看見重七八斤的大魚就叫大鯽鯽。前個多月鄰近住的有錢人的家門首都晒著鹹肉和熏魚，陳媽（V家裡僱用的老媽）抱著續兒到外面去時，續兒看見家家門首掛著的大熏魚便很羨慕的歡呼起來，歡呼了一陣後便哭著要。看見賣魚的走過門首時也哭著要，指著魚籃哭呼大鯽鯽。論V的近來的經濟狀況是吃不起魚，他每天吃兩頓飯，所買的菜都是蔬菜和豆腐。月前C書店寄了五十塊錢稿費給他，他才買了一尾八斤重的大魚，用鹽醃了四天取出來掛在樓上的窗口。自V買了這尾大魚後，續兒說不盡的歡喜，睡的時候呼「大鯽鯽」，醒來時也呼「大鯽鯽」。

「……」V夫人雖沒有再說話，但她的臉上表現著一種不納意的表情，她不贊成V的話，她當V是圖省錢，不管兒子的疾病。

V抱著續兒才踏出房門，就看見兩個商人坐在廳前等他，一個是煤炭商人，一個是賣青菜的。V看見兩個都不算是重要的債權者，稍為安心點，約了他們下午來取錢，把他們辭退了後急急的跑到學校去打聽消息，打聽催款代表向政府交涉的款有領到沒有。

# 二

V懷著一束破爛的官票回到家時，已是黃昏時分了。氣溫愈低降，雪也下得愈大了。V夫人站在門首很焦急地盼望著他回來。

「款領到了麼？怎樣走了一天不回來？午飯也不回來吃。米店的夥伴來要錢，來了三次了。等你不回來咕嚕了一陣走了。我在房裡聽見真難過。植庭竟對他哭了。」

「快叫陳媽送錢到米店去，並叫他送兩斗米來。」V一面解除滿被著雪花的馬褂一面說。

「有了錢麼？何不早點回來？」

「開會去了——開緊急會議！昨晚不是送了封校長的信說開會麼？」V除下了馬褂交給植庭拂雪，隨又從衣袋裡取出一束破票子交給V夫人。

「有什麼重要的事，今天還開緊急會議？」V夫人把票子接了過來取了十多張交給站在房門首的陳媽叫她上街到米店去。

「W先生挨了一個嘴巴政府方面才把款送過來。W教授是我們教職員公推的索薪代表，他因為我們沒有錢過年挨了一個嘴巴。我們為這件事開會的，我今早到學校才曉得。我們真對不起W教授，他不挨這個嘴巴，我們沒有年過了。真對不住他了。」

「政府不該給我們的校款麼？怎麼不給款還要打人呢？」

「論理該把款給我們，但論力是不該給我們。他們用力剝削來的怎肯講理給我們呢？」

「開會的情形怎麼樣？」

「許多教職員在磨拳擦掌說非向政府強硬交涉不可。」

「能夠強硬到底麼？」

「校長怕以後難向政府要款，當然強硬不來。教職員聽見有錢分，都麻麻糊糊決議了兩件議案舉了兩個代表就急急地鬧分款了。款分了後就鳥獸散了。吃虧的是W先生一個人。所以中國的團體事情是熱心不得的，是當前陣不得的。」

「你們太真率了！原始人類的特性太真率地表現出來了！分了錢就鳥獸散，不理W教授的事了。你們太自利了。」

「明天是正月初一了，還沒有準備米的人怪得他急麼？」V苦笑起來了。

「……」V夫人凝視著掌裡的一束破票子，嘆了口氣。

「……」

「你還是快點改行吧！我情願回嶺南山裡吃稀飯！一天吃兩頓稀飯還怕餓死麼？教員是當不得的，教育飯是吃不得的。像乞丐般的向政府討欠薪，已經夠慘了，還要受他們的辱打麼？」

「不當教員當什麼？」

「不會耕田，不會做生意？」

「真的想做農夫沒有田耕，想做生意沒有資本！」

「那麼，拉車子去！」V夫人也苦笑了。說了後又嘆口氣。「你就專門做小說去不好麼？」

「一年賣得兩三篇小說，養得活你們麼？」

「你要算是世界第一個可憐人了！日間一天在學校編講義。夜間坐到十二點、一點還不得睡，說要做小說。看你每日的休息時間還不足四小時！你這樣的勞苦還養不活你的妻子，你不可憐麼？一個兒子夠累死你了，第二個又說來了。」V夫人說了後再嘆了一口氣。神經過敏的V看見他夫人的態度，懷疑她在後悔不該嫁給他。

V夫人這時候已經有了八個月的身孕了。

V早就厭倦了他的教員生活了，只兩個月的粉筆生涯他就厭倦了。他很想能夠靠他的作品維持他的生活，但他還沒有這種自信。他近來聽見外面有人批評他的作品，說他的作品太多浪漫的藝術的分子，把現在的很旺盛的時代思潮來衡量他的作品，他的作品可以說是舊式的了。他聽見他的作品受了這種殘酷的批評，他更不敢自信他的作品能維持他一家的生活了。

不錯，V每天由學校回來吃過晚飯後，什麼都不理也不幹，就伏著案從抽屜裡取出原稿紙來開始寫他的小說。他用的原稿紙是由日本定購回來的專寫鋼筆的稿紙——每頁五十行，每行二十五字的稿紙。他雖然窮，但他不惜這種原稿紙的購買費——每千頁五元的價，遠托住在日本的朋友買了寄回來；因為他用慣了這種原稿紙，換用了別的原稿紙，他的小說就寫不下了。他每晚上非到十二點、一點是不就寢的。有時有興趣的時候還要徹夜。但他每寫了一千頁的裡面，沒有三百頁成功的——不能說成功，沒有三百頁完成的。但他並不因此而失望，他每晚上還是被著紅毛氈，蜷屈著身體，臉色蒼黑的繼續著寫。

## 三

「中國現代的文藝還不算發達，讀者也很少。想專靠作品維持生活，還不是個時期。」

「那麼你還熱心著做小說幹什麼？不是白費精神！」

「你們女人知道什麼！因為想吃飯才做小說，那是你想錯了！你織好了一條圍巾，織成了一雙襪子，你不是很喜歡麼？你說，你小的時候做了一雙小鞋給你的弟弟，望著你弟弟穿著那雙小鞋喜歡得很。你何曾想把你織成的東西去賣錢呢？我們做小說也是像你們女人織圍巾，織襪子，做鞋子一樣的心理。自己的作品發表了後，變成一種印刷品後，自有一種特殊的快感！想自己的作品發表是一般作家共有的希望。說不想發表，不想出版，都是不近人情的話。」

「你那篇短篇創作集想作單行本發表麼？」

「是的，我不客氣的說『想發表』。我不像一部分的作家假意的說什麼『不敢發表』，什麼『經友人某的讚許和勸告才敢出版』。其實他們還不是和我一樣的想發表，或者比我還想得急些呢。」

「爸爸！爸爸！嫩肉肉！」續兒每天下午三點多鐘是要睡的。現在他醒來了，他聽見他的父母在說話，不像平日醒來的哭了。他平日醒來不見他的父母在床前，要哭一場的。V忙走前去，續兒雙頰緋紅的流轉著他的小小的圓黑的一對瞳子望著他的爸爸。「嫩肉肉！」續兒自稱是爸爸媽媽的嫩肉肉。他此刻是告訴他的父親，「嫩肉肉醒來了」的意思。

V望見續兒的左瞳子還是浸浴在一泡清淚裡，他心上像疼疼的受了一刺。

「你看他的眼睛，比昨天更凶了。」V夫人也走了過來。

「說是眼病，怎末不會化膿也不紅腫呢？」

「化膿了紅腫了還了得麼！你還是快點引他到同仁醫院去叫西醫看看吧！我身重走不動，不然……呃！你看續兒的鼻孔！出鼻血呢！」

「大鯽鯽！」續兒還沒說完，不住的咳嗽。

三個人沉默了片刻，聽得見室外狂號著寒風。窗外的雪下得更大了，一片一片斜斜地由玻璃窗前捲過去。

續兒的晚飯吃不下，他再昏昏沉沉地睡下去了。看睡下去後又醒來，睡下去又醒來，每次醒來只有咳嗽和痛哭。V夫婦一晚上沒有睡，通夜的聽著室外或近或遠的爆竹。

「牛寧寧！牛寧寧！」續兒幾次醒來像喉乾，哭呼著要牛奶吃。

第二天起來，風也息了，雪也停了，但續兒的左眼睛的眼淚還在流著。

吃過了早飯，V用他夫人的圍巾覆在續兒的頭上，抱他到教會辦的同仁醫院去。他在途中遇見不少穿新衣服的小孩子，只有他抱中的續兒在元旦還穿著一件舊棉長衫到病院去。他想到這一點，他異常的傷感，幾乎掉下淚來了。

「今天不看病！」同仁醫院的號房今天也驕起人來了。

「有急病也不看麼？」

「要一塊錢的掛號費！」

V把了三張破票子給號房，號房把一支竹籤子並三百文的找頭給他。他把竹籤子到掛號處換了一張診察券，然後抱續兒向小兒科的診察室來。

一個年輕的看護婦笑容可掬的在門首招待他。他吃了一驚，當她是認識他的，因為他望見她手裡的一本小說。這本小說就是他三年前發表的長篇處女作！他看見她讀他的小說，心裡雖感著一種快感，但他又很擔心她們會認識他是那篇小說的作者——其實是他的杞憂——因為他曾聽一個同學對他說。W市的教會中人很不喜歡他，因為他的作品描寫教會的裡面寫得過刻了。他今天神經過敏的很怕她們對他的這種誤解累及他的績兒的眼睛——這更是他的杞憂了。

V抱著績兒在小兒科診察室坐了一刻，來了兩個藍眼睛黃頭髮的西洋女醫士。績兒望見她們就震哭起來。那女醫生問了病狀和日常的生理狀態有沒有變化，然後過來檢過績兒的眼睛。

「爸爸！爸爸！」女醫的兩指按在績兒的眼上時，績兒便掙扎著狂哭起來。

「你這小孩子的脾氣太壞了！叫個人來抱他吧。」站在旁邊的西洋女醫跑出去叫了個中國看護婦來。

進來的看護婦謹守著女醫的命令，從V的腕上把績兒奪了去，績兒更狂哭得厲害。他的臉頰通紅的，滿額都是汗珠了。

「爸爸！爸爸！」績兒倒在看護婦的腕上動彈不得，翻著他的淚眼向V哀哭，他像在——他的眼睛告訴V——哀求著父親的援助，又像在恨父親的無能！

女醫的一個把雙手按著續兒的左眼的上下皮，把眼睛扯開，他的一個女醫提著一個尖嘴玻璃瓶，瓶內滿盛著藥水，她把這藥水注倒在續兒的眼裡去。

續兒的哭聲與其說是痛苦的，毋寧說是恐怖的；但他的一陣一陣的哭聲像鋒利的刃向著V的心窩一刀一刀的刺去。

「爸爸！爸爸！」由V聽來，續兒像在罵他，又像在哀求他，像在說，「爸爸！你也忍心看著我任外人磨滅麼？爸爸！你怎末不快把我抱著，抱著我離開這樣可怕的地方！」

「爸爸在這裡！續兒！」從未經驗的強烈的父性之愛在V的心頭上激烈地震動。「算了！算了！不洗吧！改天再洗吧！」他終流下淚來了。他伸出雙手想把續兒抱回來。

「你不要看！不洗如何會好？你站開些！」女醫怒叱著V，繼續把瓶裡的藥水注進續兒的眼裡去。在這瞬間兩個慈善的女醫在V眼中完全是個殘酷的惡魔了。她們像在謀殺續兒替給V惡寫過了的教會復仇。

眼睛洗完了，續兒終無恙的回到他的腕上來了。續兒伏在他的肩上還在哀哀的哭。

「爸爸！」續兒像在怨恨著哭。

「是的爸爸害續續！」V把續兒負在肩上出了同仁醫院。續兒還伏在他肩上嗚咽著喊「爸爸」。

他在途中想，今天的印象又是小說材料了。

再過了三四天，續兒的身上，臉上和四肢滿發著針口大的紅疹。每晚上哀哭著睡不著。檢他的體溫，四十度！

# 小兄妹

# 小兄妹

## 一

寂寞的寒夜，J一個人低著頭在黑暗的街路上急急的走。路上不見一個行人，只有一名巡警站靠在一家的牆面打盹，聽見他的足音忙睜開眼睛來。他一面走一面聽見那位巡警在他後面打呵欠。

銅圓局的汽笛在暗空裡悲鳴，他知道夜已深了——中夜的十二點鐘了。J想在這樣深夜的時分還冒著寒風在街路上跑，禁不住發生一種悲感。他並不是因為到十二點鐘還不得歇息而生悲感的，他的悲感之發生還有別種的原因。過了十二點鐘還不得睡，在他本算不得一件稀奇的事。

他每晚上把第二天的功課準備好了後，不響十二點鐘也快要響十二點鐘的了。他準備好功課後，定要打開抽屜來望望裡面的時表——玻璃罩給小孩子打破了還沒有餘錢修整的表，所以沒有帶在身上。他看了表後不久就要聽見銅圓局的汽笛的悲鳴——引起他無窮的哀愁的悲鳴。

有時候功課容易些，他的準備時間也短些，這時候他痴坐在書案前可以聽得見過江小汽輪的汽笛和叫賣燒餅油條的哀音，此外聽得見的是在抽屜裡的嗒的嗒的時表的音響了。

墨水瓶打開著，原稿紙也在他面前擺好了，只有那支鋼筆終是懶懶地倒在書案上不情願起來。

照例至遲十二點鐘他是要就寢的，因為他近來每一提起筆來就感覺得頭腦是異常的疲勞，他曾跑過江去問他的友人——一個醫生——有什麼方法能夠醫治他的頭腦。若頭腦壞了，他一家四五口就怕沒有飯吃的了。他的友人勸他要早睡早起床，最好十二點鐘以前能夠就寢。所以他近幾個星期勉力守著他的友人的忠告，過了十點鐘，不管想睡不想睡，他要就寢的。但今晚上又不能照他友人的忠告履行了。不單今晚上，近來好幾晚都過了十二點鐘才睡。

因為生活問題，每餐上準備了功課後，他總想寫點東西去換稿費。在中國政府辦的學校當教員是不能完全維持生活的。薪額上說來很好聽，二百元三百元；但每月所能領的只有十分之一二。他既不能決絕地辭職，所以每天對功課不能不稍事敷衍。他最以為痛苦的也是這種敷衍。他早就想辭職，但再想一回，辭了職後半年半月是很難找相當的職業的，所以也就忍氣吞聲的受學生們的揶揄，決意再挨半年苦。

# 小兄妹

他每晚上總想寫點兒東西，但什麼也寫不出來。他近來很抱悲觀，他覺得他的頭腦一天壞一天了。看了一兩頁書，寫了三五百字，他就覺得頭痛了。

他的腦病的重大原因是沒有充分的睡眠時間。教員生活是要早起床的，每天七點鐘以前就要起來。他的妻身體太弱了，並且不久就要做第二個小孩子的母親了。大的兒子又還沒有滿兩歲，時時刻刻還要人看護，加以廚房的瑣務，所以她勉強支持兩天，到第三天就要倒下去的。妻的神經和她的身體同樣的衰弱，常通宵不睡，早晨四五點鐘聽見窗外街路上的車聲就醒了起來。妻起來了不久，小孩子也哭著要起來，他到這時候就睡也不能再睡了，只好陪他們起來看小孩子讓她到廚房裡去。

有一天晚上天氣特別的冷，她的臉色蒼白得可怕——這是她病前的預兆——才把碗筷收拾起就往床上倒下去了。她雖然倒下去了，但還忍著痛苦抱著小孩子要哄他睡，她是怕小孩子妨害了他的功課——編講義或寫點東西——想把小孩子快點哄睡了後讓他舒暢地做點文章。可是小孩子像故意和她為難般的，拚命向他媽媽抵抗，不肯睡，要起來。

「爸爸！爸爸！」小孩子看見母親睡下去了和他玩，他帶哭音的要他父親抱他到書案上玩去。

「乖乖，睡吧！明天起來爸爸再抱你。」妻哄著小孩子，說了後又連連嘆氣。小孩子不懂事，看見母親禁止著他起來，爸爸又不過來抱他，便拚命的掙扎，狂哭起來了。

「我敵不住了，你可以過來抱下他麼？」妻再嘆了口氣哀懇他。明天有兩點鐘的課，結晶學一點鐘，結晶光學一點鐘，都是很要花時間準備的。打開抽屜來看看，快要響九點鐘了，他有點不願意再為小孩子損蝕他的貴重的兩三個時間，因為他不單要準備明天兩點鐘功課，他還想創作幾頁原稿。

「真的就病到這個樣子了麼？不能坐起來抱S兒了麼？」他是個病的利己主義者，他懷疑妻是裝病不願起來抱小孩子。他想妻的身體或者有點不舒服，但他不信她就不能坐起來抱小孩子了。

「我可以坐起來，還來哀求你！」妻像怨恨他對她全沒有諒解，也沒有同情，起了一種反抗心。

「這樣的不中用，又跟了我來幹什麼？」

## 小兄妹

「誰跟你來的？！你不帶我們母子來這裡，誰願意到這個人地生疏的地方來？」

他語塞了。他是沒有家的，他的家庭就這個樣子，三個人四條生命！在他的原鄉實無家可以安頓妻子的，他就做乞丐，做流氓，也要帶著妻子跑來跑去的。

「在鄉下你有一畝田一間房安置我們的麼？誰情願跟了你出來受苦？！你怕我們累了你，就不該娶了我過來！」妻的歇斯底里症發作了，在嗚咽著哭起來了。小孩子看見他媽媽哭了，也狂哭起來。

「……」

妻愈哭愈傷心，哭音也愈高了。他怕妻的哭音給外面來往的人聽見，尤其是怕學校的學生聽見，忙變了口調。

「算了，算了！給外面的人聽見了才好看啊！」他想再罵或再和她爭論絕不是適當的方法了。但他又不能馬上變過臉孔來向妻說好話，他說了後，心裡也感著一種慚愧，因為他既怕外面的行人聽見他和妻的口角傷了他的無意義的虛榮心，又不能低聲下氣的向妻謝過以保持他做丈夫的不值半個銅子的威嚴。

妻的哭聲越發高了。他急得沒有法子。

「還哭麼？真不知一點羞恥！」

「我知道羞恥，今晚上還向你哭！」妻愈哭愈傷心。「你就送我回去吧！就送我回嶺南去吧！你送我回母家去，絕不再累你，絕不再要你一文錢！送我們回去後，我們母子有飯吃沒有飯吃你莫管！送我們回去後，看我要累你一分一厘的就不是個人！」

「你這個女人完全不講道理的！完全是一個……」他想說她「完全是個潑婦」，但終不忍說出口。他自己心裡也覺得對妻的態度前後太矛盾了。初結婚時，她只十八歲，完全是個小女孩兒，她這種態度並不算是初演，他曾戲呼她做 Child wife，每看見她哭著發脾氣時，便摟著她勸慰她莫哭。他自己也不明白自小孩子生下來後，對妻的態度會變成這個樣子。

## 二

他的妻雖不算是個美人，但初結婚時在他的眼睛裡是很嬌小可愛的，自生小孩子後，她的美漸次消失了，他對她的愛也無可諱言的一天一天薄減了。

她近這半個月來稍為勞動些到晚上就說周身痠痛，所有骨節都像碎解了般的。大概她快要做第二個小孩子的母親了。

「除上課外，你不要跑遠了，怕胎動起來時不知道到什麼地方去找你。萬一……」

他的妻眼眶裡滿裝著清淚沒有說下去。過了一會，她轉了一轉話頭，「S兒到那時候誰看他呢！」她的清淚終於掉下來了。

「我不走遠就是了。」他也覺得妻實在可憐。後面的單眼婆婆和她的孫女兒，你和她們說好了沒有？」

「我把一吊錢給她們了。她的外孫女兒答應每早晨來，晚間回去，在這裡代我們看廚房的事。要洗的東西都交給她。不過他們要求的工錢太貴了些。」

「……」他只在籌思要如何籌借五六十元才得把這難關度過去。頂要緊的就是教會辦的慈善病院的接生費，要二十塊大洋。他想無論如何窮這種支出是省不掉的。

「幸得臨時雇她們，只一個月！過了一個月我的身體恢復了原狀，可以不用她們了。」她說了後又嘆口氣。

他因為生活困難，家裡沒有僱用老媽子，家事一切都由他的妻和他一個表弟T料理。他的表弟T今年才滿十五歲，在他家裡完全是個廚司了。妻因為快要臨月了，關於廚房的事，看S兒的事和洗衣裳的事預先的憂慮了不少。他家裡雖然窮，但還有人比他更窮的。他住的房子後面兩列木造的矮房子是個貧民窟——其實他住的房子也和貧民窟的房子差不多。不過稍為乾淨一點。單眼婆婆就住在這貧民窟裡。

今晚上吃了晚飯他到學校裡去出席教授會，開完了會回到家時快要響十點鐘了。妻和S兒都睡熟了，他想趁這個好機會做點工夫。他從書堆裡取了一冊Maurice Baring的*An Outline of Russian Literature*來讀。剛剛把書翻開就聽見他的妻在帳裡面呻吟。

「你的身體怎麼樣？」他頂怕的就是妻要在夜間臨盆，他最以為辛苦的，就是夜間要他到醫院去叫產婆。

「沒有什麼。」妻呻吟了一會不再呻吟了。

# 小兄妹

「胎動了麼？」

「微微地有點腹痛。不是胎動吧。」

他稍為安心了些，再繼續翻他的書。他才念得三五行，妻又在呻吟了。

「今晚上的腹痛雖然不很痛，但回數來得密些。」

「怕是間歇痛吧。」他忙打開抽屜來看時表，九點五十一分。等到妻第二次呻吟時是九點五十九分。他知道間歇痛的時距是八分間。

「照前例看來——S兒出生時——當在天亮時候，到天亮去叫產婆不遲吧。目前最重要的事還是借債！快借債去！明天嬰兒產下來時，沒有錢如何得了呢！」他想了一會，知道借債這件事，無論如何躊躇都是挨不掉的。

「去吧！快去！他們睡了時就不妙了。要借債還是快點去。」他站了起來，把才脫下了的外衣重新加上。

「向人借錢——開口向人要錢是何等難堪的事！向人借錢——向人說好話借錢比挨嘴巴還要痛苦！」他走出來在寒風裡一面走一面想。街道上有好幾家店門早關上了。還有幾家沒有關店門的是小飲食店和青菜店。攔面的寒風一陣陣地吹捲了不少的塵沙到他的口鼻裡來。街路上沒有幾個行人了。他在途中遇見了幾個雙頰給風吹紅腫了的童子，緊張著支氣管發出一種淒音在叫賣他們的油餅和油條。

「快點走！要找四個同鄉去！快點走！時間不早了！零星借款，一個人向他借十塊八塊，那就夠妻這次的用費了。」他一面想一面急急的走。

他前幾天也曾伸出掌來向他的幾個同事的朋友們告貸。這幾個好朋友都向著他的掌心打了一掌，只是一笑，一個錢也不借給他。及今想起來他的雙頰還在發熱，像才給朋友們辣辣地打了幾個嘴巴。

他覺得知識愈高的人的良心愈麻木，所以他決意向幾個做生意的同鄉告貸了。

由十點鐘起奔走了兩個鐘頭，拜訪十幾家商店，零零星星共借到了二十八塊錢。他雖然窮，但他的同鄉們還相信他，相信他是個讀書人，相信他是個爛大學的窮教授。他想到他自身的價值只能向他們借二十八塊錢，他心裡覺得異常的悲哀，幾乎掉下淚來。

「不必再作無聊的悲感了！借得二十八元到手還算你的幸運呢！快點走！跑回去吧！妻在蜷臥著悲鳴呢？」

## 小兄妹

他趕回家來時，抽屜裡的沒有玻璃罩的時表告訴他已經是一點二十分了。

他跑到妻的床前報告他今晚上的成績——零星借款共借得二十八塊錢——叫她不要為接生費擔心。他的話還沒有說完，妻又呻吟著呼痛了。呻吟期間繼續了兩分鐘。等到妻第二次呻吟時，他檢視時表知道間歇期由八分間減至五分間了。

「媽媽！奶！媽媽，媽媽！」S兒給母親的呻吟驚醒來了。他還沒有斷奶，每晚上醒來要找母親的奶吃，含著母親的乳才再睡下去。他每次醒來摸不著母親時是要痛哭的。他驚醒來了，看見母親背著他睡著就哭起來。他從被窩裡鑽出來，按著母親的肩膀想站起來。才站起來又跌坐下去，才站起來又跌坐下去，最後他狂哭起來了。

「S兒乖乖！爸爸抱！來！爸爸抱！」

「不爸爸抱！」S兒愈哭得厲害了。

鬧了半點多鐘，S兒知道絕望了——知道母親再沒有把奶給他吃了。或者是他哭倦了。最後看見父親手裡拿著一顆柑子，便呼著要爸爸抱了。

「爸爸！爸爸！抱抱！」

S兒在父親懷裡雖然止了哭，但還抽咽得厲害。他抱著S兒搖拍了半點多鐘再睡下去了。他把S兒放進被窩裡去，替他蓋上了被。小孩像哭累了，呼呼的睡下去了。他忙跑到後面開了廚房的後門，去捶蔡家的後門，把那個單眼婆婆叫了起來，叫她過來替他生火燒開水。

「老爺，我的孫女兒要五弔錢！這個月要五弔錢！她明天不再到炭店裡捏炭團了，一早她就來替你抱少爺。……」那單眼婆婆遲遲的不肯到他廚房裡來，在要挾他，提出比日本的二十一條項還要苛酷的條件。他知道那個單眼婆有意乘人之危，要求過分的工價，恨得想一腳踢下去。但聽見妻在房裡很痛苦的呻吟著，只好忍下去了。

「好的，好的！你快過來替我燒開水。我即刻要到醫院請醫生去。」

「……」那老媽子一手扶著滿塗了奶油垢的門閂，一手提著一個小洋燈盞，睜著她的獨一無二的眼睛——含蓄著一種慾望的眼睛——望他。

「你快點過來吧！」他心裡恨極了。今天下午妻才和她新訂了約，這一個月給她六弔錢，給她的孫女兒三弔錢。怎麼又變卦了呢？

「今天我和你家太太說過了，我要雙工。」單眼婆婆說了後，她臉上現出一種卑鄙的獰笑。

## 小兄妹

「雙工?!」

「是的，十二吊!」

「可以可以!」

「先把一二弔錢給我們買米好不好?」

他聽見她這種要求真恨極了，很想把她謝絕。但他一轉想，這個單眼婆婆也很可憐。她曾把她的身世告訴過他的妻。她二十多歲就因為一個兒子守寡。現在這個兒子也四十多歲了，生了一個女兒和一個男兒了。她的兒子從來就在銅圓局裡做工，做了二十多年。大概是中了煤毒和銅毒吧，前年冬由銅圓局趕了出來。他患了一種風癱病，雙腳不會走動，雙手也抬不起來。每個月包伙食費的工資共八弔錢，終害他成了個廢人了。他還想把這殘疾醫好再進銅圓局去站在爐門首上煤炭，他把祖先遺給他的木造的房子裡的前頭兩間賣給了一個做青菜生意的人。他得了這兩間房子的代價二百弔錢，進了教會辦的慈善病院。他住在每天向病人苛抽三弔錢的慈善病院裡滿兩個月了，兩間木造房子的代價也用完了，但他的病還是和沒有進病院前一樣雙足不會踏地，雙手抬不起來。他自得了殘病之後，不單沒有能力養活妻子，就連他的一口也要他的母親做來給他吃了，他的母親，他的妻和大女兒每天到炭店裡去揑炭團，辛辛苦苦的支持了半年，他的妻再挨不得苦，終逃走了。愛兒子的還是母親，這兩年來兒子和孫兒的一天兩頓稀飯，還是這個六十多歲的單眼婆婆做來給他們吃的。

「她的乖僻的性質，她的不道德的不正當的嗜利慾，大概是受了社會的虐待的結果。你自己還不是因為生活困難，天天在嫉妒富豪，在痛罵鏟地皮的官僚和軍人麼？在這個單眼婆婆的眼中你是個她所嫉妒的富豪。十二弔錢！答應她吧，十二弔錢！」他因為想利用這個單眼婆婆了，便想出了這種淺薄無聊的人道主義來欺騙他自己的良心。他心裡何嘗情願出這十二弔錢。但他不能不對單眼婆婆為城下之盟。妻在呻吟著，陣痛更密了些。他忙跑進去拿了兩弔錢出來交給那個單眼婆婆。

## 三

三點鐘又過五分了。下弦月還高高的吊在銅圓局的煙囪上，天色很清朗的，只有幾片像薄紗般的浮雲點綴著。拂面的晨風，異常冰冷的，但他像沒有感覺，急急地跑向D醫院來。

行過了C學校的門首，斜進了一條狹小的街路。出了這條狹小的街路是高等檢察廳和高等審判廳前頭的大街道上。過了這條大街道就是D醫院。

D醫院門首的街道上還不見有一個行人。門首的鐵欄上面吊著一個白磁罩電燈，電火異常幽暗。他跑近前去，一手抓著鐵欄，一手伸進鐵欄裡去拚命搥裡面的鑲著鐵皮的門板，搥了一會，手也搥痛了，還不見裡面有人答應。他住了手，把拳縮回來，他左手揉摸著右拳，一面仰起頭來望望天空。黑藍色的天空漸漸轉成灰白色了，天像快要亮了，他心裡愈急，忙著再攀抓著鐵欄，開始第二次的敲門。又敲了五六分鐘，右拳痛極了，他忙向地面撿了一塊磚片拚命的敲了幾下，才聽見裡面號房裡打呵欠的聲音。

門開了。鐵欄裡面站著一個四十多歲的男子，雙手在揉眼睛，雙手在結他的扣紐。

「是哪一個？有甚事？」

「來叫產婆的！」

「住什麼地方！」

「N街第七號！」

「你在這裡等一會。」那位號房並不把鐵欄打開放他進去，只揉著眼睛向裡面去了。

約摸又過了二十多分鐘，剛才那個號房才跑出來把鐵欄打開。後面跟著來的是一個面目猙獰的壯漢。

「你從哪裡來的？」那個猙獰的壯漢也揉著眼睛問他。

「你沒有報告醫生去麼？」他看見這個獰惡的壯漢的態度討厭極了，只翻過來問那個號房。

「我告訴他了。由他進去報告給女醫生的，我們不能進去。」號房指著那個惡漢介紹給他。

「就請你快點進去報告醫生！」他只得又翻過來向那惡漢說好話。

「忙什麼！問你住在什麼地方！」

「他不是告訴了你麼？」他指著站在旁邊的號房答應那個惡漢。

「我知道了！N街，是不是？你要知道，要我們這邊的醫生到外邊去接生，要收二十元的接生費的。車費在外！車費你要多把些喲！」那個惡漢睜圓一雙凶眼，咬著下唇說。這種獰惡的表象完全是對他提出一種要挾，像在說，「你若不答應我的要求，我便遲些進去報告。」

他到了此刻才知道那個惡漢是D醫院專僱用的車伕。他答應了給一吊錢的車費後，那車伕才慢慢的進去了。

像這樣一個獰惡的車伕竟有特權在女醫生們的睡房裡自由行動，他禁不住思及楊太真愛安祿山的故事來了。

他在D醫院的庭園裡守候了一會，才見那獰惡的車伕出來。

「她們快起來了，請你略等一刻。」

「已經等了好幾刻了！還要等到什麼時候？」

「那有什麼法子！她們姑娘小姐們起來了後，要抹臉，要漱口，要搽粉……沒有那麼快的！」那車伕一面說一面把雙掌向他的黑灰色的雙頰上摩擦，裝女人搽脂粉的樣子，說了後一個人在傻笑。

又過了二十多分鐘才見一個頭戴白巾，身穿素服的看護婦跑了出來。

「醫生問你，什麼時候開始胎動的？痛的回數密不密？」

「昨晚上九點多鐘就說腹痛，我來的時候間歇期只有三分間！此刻怕要產下來了，望你們快點去！」

「是初胎還是第二胎？」

「是第二胎。」

那看護婦像飛鳥般的再跑進去了。再過了十分多鐘走出來的一個是全身穿白的高瘦的女人，大概是產婆了；一個是穿淺藍色的——D醫院的隨習看護婦的制服的胖矮的姑娘，大概是助手了。後頭還跟了兩個看護婦各抬著一個大洋鐵箱子出來。

D醫院只有一架包車。他又忙跑到街口叫了兩把車子，因為助手要坐一把，自己也要坐一把，在前頭走。

車伕把他拖至街口時，天已亮了，幾個賣小菜的鄉人挑著菜籃在他面前走過去。

# 小兄妹

他望見菜籃裡的豆芽白菜和小紅蘿蔔，他連想到這次的借款，除了接生費二十元外剩下來的八塊大洋的用途來了。坐在車上在幾分鐘間，他起了腹稿，作了不少的預算案出來。

照原鄉的習慣，產婦在產後一個月間要吃一二十隻雞的。S兒出生時他還在礦山裡做工，故鄉的生活程度也比這W市低些，所以那時候產婦產後的滋養料的供給算沒有缺乏，現在呢！怕無能力了。

自己是不消說得，娠妊中的妻和還沒滿兩週年的S兒，近三四個月來不知肉味了——大概是陰曆新年買過了兩斤牛肉兩斤豬肉和一尾魚之後，他們便不肉食了。他只對人說天氣漸漸熱起來了，吃肉是很不衛生的，最好是吃豆腐和菜蔬。他在吃飯時遇見有友人來，便這樣的向他們辯解。他過後也覺得這種自欺欺人的辯解無聊。但他還像鄉間的土老紳士一樣，抱著一種擺空架的虛榮心。

他又追想到虐打還沒有滿二週年的兒子的事實來了。三月間的一天——星期日——吃了早飯，他打算抱S兒到屋外的湖堤一路去走走，藉吸新鮮空氣。他抱著S兒才跑出門，就碰見一個挑著魚籃的老人。那老人發出一種悲澀之音叫賣到他的門前來了。

「爸！大鯽鯽！……」S兒指著魚籃裡的魚在歡呼，他欣羨極了，口裡還流了好些涎沫出來。

「那魚太小了，不要它！下午爸爸上街去買大的給你。」J抱著S兒要向前走。但S兒執意不肯，挺著胸把身體扭翻向魚籃邊去。

「阿爸！豚子（角子！）」S兒圓睜著他的美麗的眼睛看他的父親，在熱望著他的父親買一尾魚給他。

「媽媽！媽媽！鯽鯽！豚子！」S兒知道父親沒有意思買魚給他了，他轉求母親去。

媽媽果然給他叫出來了。

「買幾斤魚嗎，太太？」賣魚的老人看見J的夫人出來時，便慫恿她買。

「多少錢一斤？」她說了，後微笑著望他，想徵求他的同意。到後來她看見她的丈夫一言不發的臉色像霜般的白，她忙斂了笑容低下頭去，不敢再說話了。

「三百二十錢一斤。」賣魚的說。

# 小兄妹

「媽媽！阿媽！……」S兒向他的媽媽哀懇著說。

「你還多少呢？」賣魚的當J的夫人嫌價錢太貴了。

「大鯽鯽！媽媽！琢子！」S兒終伸出他的白嫩的小掌來。

他不見得窮至買三兩斤魚的錢都沒有，但他想學校的薪水拿不到手時，他的財源就算竭了，買魚一斤的錢若拿來買豆腐和小菜儘夠一天的用費。妻子都在想魚吃，但他無論如何是不能答應這種浪費的。

「快挑去走，快挑去走！我們不要魚。」他揮著手叫那賣魚的快點走開。

賣魚的老人老有經驗了，他碰見這種吝嗇的老爺們不少了，知道和這位老爺的交易再做不成功。他挑起魚籃叫了兩聲「賣魚！賣魚！」慢慢的走了。

「啊！大鯽鯽！大鯽鯽！爸爸！大鯽鯽！」S兒伸出兩手來要跟那賣魚的去。賣魚的走遠了，S兒哭了，把他的小身體亂扭，拚命向他的父親抵抗不願回家裡來。

「不哭！不哭！明天買！」母親也含著清淚伸手過來接抱S兒。其實快要臨月的J夫人是不便抱小孩子的了。S兒不要他的母親抱，他怕母親抱他回房裡去。他隻手按在父親的肩，隻手伸向賣魚的走的方向，彎著腰表示要追那賣魚的回來，不住的狂哭。

J看見歐斯底里的妻在垂淚，兒子在狂哭，門首來往的行人走過時都要望望他們。他又氣又急，恨極了，伸出掌向S兒的白嫩的頰上打了一個嘴巴。

「快進去！站著幹什麼？！」

## 四

S兒的左頰有點紅腫，倒臥在母親的巨腹上嗚嗚咽咽的啜泣，一對小雙肩抽縮得厲害。到後來像哭倦了，就在母親的懷裡睡下去了。

「這樣小的孩子敵得住你打嘴巴麼？看你以後要如何的磨滅他。你已這樣的討厭我們就早點送我們回去吧，省得在這裡惹你的討厭，千不是萬不是都是我母子不是，我母子累了你，對不起你了！」妻說了也哭出聲來了。S兒還沒睡熟，聽見母親的哭音再醒轉過來陪著母親哭。

殘忍的J也有受妻兒的眼淚的感化的一天，到此時他一句話也說不出來了。兩行清淚禁不住撲撲簌簌的掉下來。

J到這時候才發見自己是個殘忍無良心的人。他曾聽過一個友人說，無論物質生活如何的不滿，妻總是情願跟著丈夫吃苦的。若在長期間內不得和丈夫同棲就是女人的精神上的致命傷，所以妻除非敵不住丈夫的虐待，絕不願意和丈夫離開的。當J聽見友人說時，覺得自己的妻也有此種弱點。以後便利用妻的這個弱點，每次和妻爭論時便說要送他們母子回鄉下去去威嚇她。

她終敵不住J的虐待和威嚇了，她自動的提出和丈夫離開的話來了。形式上雖說是要求帶兒子回鄉下去，實質上就是妻向他宣告離婚了。不過中國的女人——不，只J夫人——沒有充分的膽識和勇氣用「離婚」的名詞罷了。

S兒在母親懷中睡了半點多鐘，醒過來時，父親不知跑到什麼地方去了。他再哭著找他的父親，他像忘記了半點鐘前的一切，他並不因此記恨讎視他的父親。傍晚時分J才回來，S兒望見他的父親忙伸出兩隻小手來歡呼，要J抱他，J也忙跑前去，但J夫人還是一聲不響的。

「啊！爸爸！爸爸！爸爸，抱！」

J不忙抱他的兒子，忙從衣袋裡取出一個紙包來。S兒看見紙包又歡呼起來。J夫人望著J打開那個紙包來，裡面有三個熟鹽蛋。這是J特別買來給S兒送稀飯的，向S兒賠罪的一種禮物！

妻太可憐了！妻太可憐了！你看她近來多瘦弱，雙頰上完全沒有肉了。臉色也異常蒼白！產後無論如何窮，都得買二三隻雞給她吃！不買點滋養料給她吃，她的身體怕支持不住了，產後要看顧兩個小孩子了！

## 小兄妹

「野蔬充膳甘長藿，落葉添新仰古槐。」J坐在車上無意中念出這兩句詩來了。

「萬一妻因難產而死了，又怎麼了呢？！」他愈想心裡愈覺得難過。

……棺木……埋葬費……乳母……這些事件像串珠般的一顆顆湧上他的腦裡來。

但他同時又起了一種殘酷的思想。若有錢買棺木，有殯斂費，有埋葬費，有錢雇乳母來看護小孩兒，那麼妻就死了也不要緊——像冰冷的石像般的，對自己完全沒有愛了的妻就死了也不要緊。死了後再娶一個，學校裡花般的女學生多著呢，再做一篇romance吧。

妻真的完全對自己無愛了麼？他又發生了一個疑問。不，妻是把性命托給自己了的，她在熱烈的愛著自己。自己之所以感不著妻的愛，完全是自己把妻的愛拒絕了。

J追憶及和妻訂婚約的那一晚——妻對他說的話來了。

J三年前才從法國得了博士回來，就做了故鄉教會辦的中學校的教席。這時候妻也在教會的女中學畢了業。由宣教師夫人的介紹J才認識她。不消說宣教師夫人是希望他和她成婚約的。

秋的一晚上，J和他的妻（還沒有訂婚）浴著月色同由宣教師的洋房裡走出來。

一個要回中學校去，一個要回女子寄宿舍去。行到要分手的地點——一叢綠竹之下，兩個都停了足，覺得就這個樣子分手是很可惜的。J無意中握著她的手了。

「聽說這學期聘來的幾個教員都是學問很好的，你都認識麼？」

「都是一路回來的，沒有什麼大不了的學問。只在外國住三五年，外國的語言文字都還沒有學懂，有什麼學問。都和我差不多吧。」

「但是都在大學畢了業的吧。」

「大抵都說有自己的專門學問的……」

「那就很好了。你看內地的大學生畢了業什麼也不懂，又驕傲得很。」

「外國畢業回來的也很多壞的。」

「他們都結了婚吧！你們該娶外面的有學識的女子。像我們鄉下的女學生說是念過書，其實什麼也不懂。」

「不錯，妻那時候說的話並不錯。妻說的學識是指女人的活潑的社交的才力。妻只能做賢妻良母，不能做活潑的善於交際的主婦。這就是我近來拒絕妻的愛的唯一的理由。」他一天一天的覺得妻太凡庸了。他真的有點後悔不該早和妻結婚，不該和妻生

## 小兄妹

小孩兒了。尤其是花般的女學生坐在他面前時，他更後悔太早和妻結婚了。

想來想去，J坐在車上最後還是想到今後八塊錢的用途來了。無論如何妻產後吃的雞非買二三隻不可，大概要兩塊錢吧。再買三塊錢的米一塊錢的炭。還剩下兩元作每日的菜錢和雜費。挨過一二星期去後，學校總怕有十分之一九分之一的薪水發下來救濟一班教授的生命吧。

J又回憶到兩年前在礦山裡的生活來了。他在礦山裡兩年間也賺了一兩千塊錢。但朋友，親戚，族人都當他是個富翁，逼著他要和他共產，所以他在礦山裡苦工了兩年，只把一妻一子和自己的生命養活了以外，一個銅錢的積蓄也沒有。

他也曾編了一部教科書，想藉那部書的稿費補助他的生活費。出版後半年，書店寄來的版稅結單，給了他一個大大的打擊，因為他知道他的教科書是陷於「拙著萬年一版」的命運了。

他還在大學預科的時代，有一個心理學教授Y著了一部《輓近心理學之進步》。這位心理學教員每遇學生問他介紹參考書時，他定在黑板上寫十個大字「拙著輓近心理學之進步」。這位Y教授雖說是專門心理學，但對物理學和生理學的智識一點都沒有，學生也就為此一點很懷疑他，因為心理學要參考物理學和生理學的地方很多。Y教授的心理學既不高明，所以《輓近心理學之進步》也很不容易銷售。但他的講義多出自這部書裡，所以學生不能不各買一冊，過了學年考試就把書賣到舊書店裡去。第二年的新生又從舊書店買回來，念完了後同樣的賣給舊書店或新進的同學。因有這種情形，Y先生的「拙著輓近心理學之進步」十餘年間還沒有第二版出來。有一次Y教授向新進學生提起粉條在黑板上才寫了「拙著……」兩個字，就有一個學生站了起來。

「先生那部大著再版幾次了？」

「嘻，嘻，嘻，還是一版！」Y先生翻著一對白眼望了望那個學生後紅著臉笑了。他們的一問一答引起了全堂的哄笑。

「拙著萬年一版」是這麼一個典故。

J每晚上痴坐在書臺前總想寫點什麼東西。但J夫人卻要他抱小孩子。

「你做的文章都是『拙著萬年一版』的，莫白費了精神！做什麼書？」

J坐在車上想完了一件，第二件又湧上腦裡來。想來想去都是這些無聊的事。車早在自己家前停住了。才跑進大門就聽見妻在裡面很悲慘的哭著呼痛。

## 五

妻做了兩個小靈魂的母親，J也做了兩個小靈魂的父親了。妻還勉強把為人母的責任敷衍過去了，只有他做一個小靈魂的父親的責任還沒有盡，又做了第二個小靈魂的父親了。

產後的J夫人臉色像枯葉般的閉著雙眸昏沉沉的睡著。不單再無能力看顧S兒，就連新生下來的小女兒她也無力看顧了。每天成了一種習慣要母親抱著才睡下去的S兒，到了午後的一點鐘該是他午睡的時刻了，他哭著找他的母親。

「S兒要睡了吧！」J夫人聽見S兒的哭聲，微睜開她的眼睛嘆了一口氣。

「T！你抱他到外邊玩去。睡著了就抱回來。」J叫他的表弟T把S兒抱出去。

「不！不出去！啊！媽！媽媽！」S兒在T的抱中拚命的掙扎。

「抱他到這兒來吧！叫他睡在我旁邊吧！」J夫人再嘆了一口氣。「一邊一個了！」她再望著她的丈夫慘笑。

「使不得，使不得！醫生說，你這兩三天內身體振動不得，也不可過多思慮。S兒睡在你身邊時，你就要翻這邊，轉那邊。萬一在產褥中發生了什麼毛病怎麼好呢！

現在已經不得了了！莫說別的，你病了後醫藥費就不容易籌，你再病不得了！由他哭去，聽S兒哭去吧。」J雖然這樣的安慰他的夫人，但聽見S兒的哭聲心裡也很難過，覺得S兒怪可憐的。

結果S兒還是睡在J夫人的身邊了。她雖然閉著眼睛，但分娩後的二十四時間內完全沒有一睡。

最初哭的是小哥哥，媽媽忙翻轉身來摟著他，引他睡。小哥哥才睡下去，小妹妹又哭起來了，媽媽又忙翻轉身去看小妹妹，餵奶給她吃。小妹妹吃奶吃睡了後，小哥哥醒來摸不著母親的胸懷又哭起來。哥哥的哭聲把妹妹驚醒了，於是兄妹一同哭起來。在產褥中的母親到這時候真是左右做人難了。

最可憐的就是S兒的斷奶沒有斷成功。在妊娠期內沒有奶的時候，他每晚上要含著母親的乳才睡下去。現在有小妹妹了，母親有了點奶了，他便和妹妹爭著吃，平時就營養不足，並且在產後很衰弱的J夫人的身體終敵不過他們小兄妹的剝削了。

因為妻的分娩，J向學校請了一星期的假。在這一星期中日間看護S兒由他完全負責。一星期的假期滿了，要到學校上課去了。他上課去後，小兄妹兩個的看顧責

## 小兄妹

任完全要由J夫人一手兼理了。J夫人也知道這星期非起來勞動不可，所以兩三天前她就離開了產褥。

星期二的下午四點多鐘，J由學校回來，還沒有進門就聽見裡面小兄妹一同在合唱般的痛哭著。平日他回來一定看見T抱出S來迎他的，今天也不見了T的影子。他才踏進門，小腳的單眼婆婆抱著S兒慢慢的迎出來。S兒在她腕中拚命的掙扎，哭著呼媽媽。

「T呢？」

「老爺沒碰著他麼？太太有點不好，他到學校叫老爺去了。」

「太太怎麼樣？」J不等單眼婆婆的回答，忙跑向裡面的房裡去。S兒看見父親不理他更狂哭起來。

小妹妹倒在母親的身旁不住的哀啼。J夫人閉著眼，張開口，呼吸很急般的，她像很擔心睡在身邊哭著的小女兒，但無餘力去看她了。

「你怎麼樣？身子不好麼？」

「頭痛，發熱！」J夫人嘆了口氣，「眼睛也睜不開！」

J把掌心按在妻的額上，就像按在盛著熱湯的碗背上一樣。

「這還了得！產褥期內的體溫高到這個樣子是很危險的！這非快些請醫生來診不可！但是醫藥費呢？」J站在床前痴想了一會，這種危險的病狀告訴妻不得，沒有醫藥費的苦衷也告訴妻不得。他聽著他們小兄妹的哭聲和妻的病狀，雙行清淚不斷的滾下來。幸得J夫人閉著眼睛沒有看見。

營養分缺少，睡眠不足，產後的思慮和勞動過度的J夫人終惹起產褥炎這種危險的病症來了。

J跑到書案前把書堆裡的「家庭醫藥常識」那部書抽了出來，翻開婦人產科那篇來看。默念了兩三回覺得妻的病狀有些像產褥炎，有點不像產褥炎。他愈查看醫書愈不得要領。他只注意到這一段「……若體溫過高，為預防腦膜炎及心臟麻痺起見須置冰囊於病者之額部及胸部。……」

「莫說我們家裡沒有這種時髦的東西，作算有時，在這地方這時候也買不出冰來。」J想了一會拿了兩方手帕浸溼了冷水，把一方貼在妻的額上，一方貼在妻的胸口。冷溼的手巾貼在胸口時，妻的呼吸更急激了些。

他在瞬間決意請醫生去了——不能再吝惜那五塊錢的診察費了。他忍著眼淚打開衣箱，他撿了幾件見得人的衣裳——妻的唯一的藍湖縐棉衣（她的嫁妝）和文華縐裙，S兒的一件銀灰色湖縐小棉袍和自己的一件舊皮袍，用一個大黑包袱把這幾件衣裳包好了就急急的出去。

他本想把妻手指上的定婚戒指取下來，但又怕她傷心，所以終沒有取，把這幾件衣裳來替代了。幸得妻和S兒是很少外出的，她自知命鄙，很自重的不到外面去，也沒有人來看她，所以她這件比較好一點的衣裳也只鎖在箱裡沒有穿的機會。

J出去的時候，小妹妹像哭倦了，睡下去了。只有小哥哥還抱在單眼婆婆的腕中，看見父親不理他就出去了，又悲哭著追了出來。

醫生來了，診察的結果，說是急性肺炎——產後睡眠不足，受了寒氣生出來的毛病——不進病院是很危險的。

「進院要多少使費，先生？」

「分三等，三元，二元，一元。三等病室恐怕住不得，因為病人是產後的人，要看護周全些，不能進一等病室也要進二等病室。」

「小孩兒怎麼樣？跟母親進院麼？」

「雇個奶媽吧！」

「……」

單眼婆婆到這時候竟流出眼淚來了。

J送妻進了院後，買了一罐「鷹牌」的煉乳和一個餵牛奶的玻璃瓶子回來。小妹妹像餓得厲害了，不再專揀母親的奶了。他抱著小妹妹餵牛乳給她吃時，小哥哥在旁邊也哭著說要吃。J忍著眼淚把小妹妹交給T抱著，他隻手抱著S兒坐在他膝上隻手拿著玻璃瓶餵奶給小妹妹吃。

冒失的單眼婆婆重重地把房門推開，跑了進來，轟的一聲把小妹妹嚇哭了。

「什麼事？」

「老爺，房主人說，這個月的期限又過了四五天了，至少前個月的租錢要清算給他。」

J低著頭一句話也說不出來了。妻進院的錢還不知向什麼地方籌措呢。

小妹妹還在不住的悲啼，大概她找不著她的媽媽哭的吧。爸爸和哥哥的眼淚都給她引誘出來了。

# 小兄妹

# 冰河時代

# 冰河時代

## 一

淡黃色的陽光由面西的窗口射進來了，時間大約是四點鐘前後。陽光晒得到的部分，氈子也染成淡黃色了。兩小時以前V就睡下去的，像死屍般的身體一點不動地睡著。他像熟睡著，但他覺得到晒在他的肩背上的陽光。他也聽見妻在床首的一把矮竹椅上坐著嘆息的聲音。

「爸爸！」V又聽見小女兒呼他的聲音。

V忙翻轉身，微睜開眼睛。他看見了攀附在床沿上的一雙白嫩的小手了。他又看見了她的一對流動的黑水晶般的瞳子，最後看清楚了她的花蕾初開般的笑顏了。他的朦朧的意識也清楚了。V忙坐起，伸手去把站在床沿邊的小女兒抱上床來。小女兒坐在父親的腿上，左手一根小指頭插進嘴裡，右手指向樓下，歪著頭笑向她的父親說：

「姆媽，買米泡！姆媽，買米泡！妹妹吃！」小女兒像異常歡喜的。她有一個比她大一歲半的哥哥，所以跟著她的母親的口氣自稱妹妹。

「哥哥呢！哥哥哪兒去了？」V更把小女兒抱近些，在她的白嫩的頰上吻了幾吻。

「哥哥！」她的右手的小食指還是指向樓下。才滿兩週歲的小女兒說不了許多話，她的左手的食指還含在嘴裡盡望著她的父親微笑。她像很高興地在等她的母親買得米泡回來給她。

V覺得這個小女兒萬分的可愛，也覺得自己萬分的對不住她和她的小哥哥。

「姆媽！」小女兒等了一會不見她的母親上來，她就高聲的叫起來。

「媽就回來的，不要叫。哥哥是不是跟媽媽下樓下去了？」

小女兒雖回答不來，但她像懂得父親問她的意思，她點了點頭。

冬天的日子短，等到V的妻從樓下上來時，晒在窗前桌上和床上的陽光不知在什麼時候消失了。V感著肩背上有點冷，想把長棉襖子披上，但因為抱著女兒，只好忍耐著再等一會。

「姆媽！」小女兒聽見母親的足音，再歡呼起來。

妻左手抱著大的小孩子，右手拿著一個洋鐵餅乾盒子盛著大半盒的米泡，氣喘喘地走進房來。

才踏進房門，妻把大孩子從左腕上卸下來：

「這麼大了，還要人家抱！重得累死人！」妻拿著洋鐵盒子，隻手伸到後面去捶腰骨。

「姆媽才重得累死人！」大孩子說了後抵著小嘴唇微笑，隨即跑近床沿邊向他的父親說：

「爸爸，媽媽買米泡給我。買了這許多，兩百錢！」

「姆媽！米泡！抱妹妹！」小女兒高聲的叫起來，她在父親懷中掙扎著要起來到她的母親那邊去。

「媽媽，抱我！抱我！」大孩子忙跑到母親跟前仰著首，伸高一雙小手來奪她手裡的洋鐵盒子。

「不，兩個人分的，一個人一半。」妻攔阻著大孩子。

「姆媽抱小妹妹呀！」小女兒哭了。

「媽媽累死了，抱不得你了。」妻把洋鐵盒子送到床上來。

「我的米泡！」現在是大的孩子哭起來了。他知道父親無論什麼時候都是妹妹的辯護者。不問他們小兄妹爭的是吃的或是玩的，父親總是替妹妹爭的。

現在是妹妹歡笑了，因為那個洋鐵盒子已經擺在她面前了。大孩子看見氣不過，流著淚，歪抿著嘴唇，睜圓他的眼睛跑前來要搶那個盛米泡的盒子。看看哥哥聲勢洶洶地來搶，小妹妹又哭了。

「妹妹要不了這許多，把點給哥哥。」V一面說，一面伸手到洋鐵盒裡去想掏點米泡給大孩子。

掏出來的米泡堆在一片草紙上，大孩子還嫌少，小妹妹早不情願了。

他們夫妻倆的無能大概像這個樣子，小孩子們的紛爭都解絕不了。

## 二

黃昏時分了，房裡越見得陰冷。哥哥站在床沿邊，妹妹坐在床上，都在熱心地吃糯米泡。解決他們的紛爭還是母親。妻到後來拿出兩個小碗兒來，一個是輕鐵製的，一個是木製的，裝滿了米泡。小妹妹此刻不想占有洋鐵盒，要小碗兒了。哥哥占有的是輕鐵的，妹妹占有的是木的，他們望著母親把餘剩在洋鐵盒裡的米泡鎖進箱裡去也不表示反對了。

今天吃過午飯再過了半個鐘頭，妻才把廚房裡面的事理清楚。妻在火廚下時，他不能不在房裡或廳前哄小孩們玩。若小孩子們再和妻糾纏，那經過一次擾亂的廚房就無人整理了。

妻把碗筷洗好，把廚房的凌亂物件收拾了後端了一臉盆的水進來。

「爸爸，抹臉。也替小孩子們抹抹臉，揩揩手。水開了，我要泡茶去。」

妻才把臉盆擱在靠門的一張紅漆凳上，又提著茶壺向火廚裡去了。

V真的起來替小孩子們抹了嘴臉，揩了手後自己也形式的揩了揩嘴。其實他的嘴唇上和臉上一樣的沒有油氣。

不一刻，妻提著一壺熱茶回房裡來了。她斟了一杯熱茶給Ｖ後就走近臉盆邊去擰盆裡的手帕。她把擰乾了的手帕蓋在臉上抹了一會後走近鏡前，側著身拚命地揩她的頸部。頸部揩紅了，她才把手帕放下。她再凝神地向鏡裡望了一會後，微微地嘆了一口氣。Ｖ聽見妻的嘆息，心裡就像感著一種羞愧，忙低頭向地下。

再過了一刻，妻把手帕擰乾了，掛在窗框上的一根鐵釘上。Ｖ又無意識地跟著妻的動作望了望那根生了鏽的釘子。他想怪不得手帕上有許多黃斑點，原來是鐵釘的鏽痕。妻把臉盆水潑了後看見他們小兄妹們各抱著一個磁人兒——這兩個磁人兒是Ｖ的一個堂侄由九江買來送給他們小兄妹的——在廳房裡玩得高興，她乘這個空兒在書桌前坐下，由抽斗裡把一冊國民日記取出來。

「爸爸，今天不再買什麼了吧？」她翻出十一月八日的一頁。Ｖ坐在桌旁喝茶，沒有回答她，只點一點頭。他無意識地望見那頁日記欄上橫印著的一句格言是：

天下豈有不盡人情之人而可與共圖大事者哉。

Ｖ這時候在心裡忽然起了一種迷信——像少年時代在鄉間佛寺裡跪在神壇前求籤語的迷信，——他偷望下頁欄上的格言，想藉它卜他目前的命運。下頁欄外的格言是：

處艱難始識真友！（西細洛）

V看了後微微地嘆了一口氣。

「今天找碎了兩塊錢，真不得了。」妻苦笑著向V說。妻雖然是同他報告今天的支出，但她的語氣是向他表示一種安慰。她聽見丈夫嘆息，忙笑著安慰他。

V自有心事，沒有理他的夫人。他只望著妻在十一月八日的日記欄裡寫：

本日支出：炭錢一元。豬油一串二百文，魚一尾二百十文，白菜六十文，共找一元，餘錢一串五百三十文。

V一面看著妻記帳，一面在想像妻提著菜籃在菜市上購買食品時的情形。妻嫌物價太高和一個年輕的商人爭價，爭了一會，她恨那個商人的態度輕薄，再走過一家店子，但價錢還是一樣的貴。她想不買，但是今天的必需品，想再多走幾家又耽擱了時候，怕丈夫和小孩子們在家裡望得焦急。

妻常常買貴貨，買不好的貨是有不得已的原因；回來時自己不該再嫌罵她的。V在後悔日前對妻的虐待，他禁不住偷看妻的態度。她的精神像全集中在這本日記裡面，態度異常正經地緊張著嘴唇在寫。她把帳目寫完了後又翻出日記後部的收支一覽表來。她在月日欄內填了「十一月八日」五個字，在支出數額欄內填了一個「2」字，再在揭存數額欄內填了「87」兩個數字。

「爸爸，不得了，只存八十七元了。」她說了後望望丈夫的顏色。她看他的樣子今天不見得十分可怕，便繼續著說：

「你那篇譯稿到什麼時候才譯得完？」

「準定每天晚上有三四個鐘頭工作時，一星期內可以譯完。不過還要費幾天工夫去修改一下。」

V看妻的神氣像對他還有質問，但不敢說出口。他知道妻在擔心他的譯稿賣不出去，但怕說出來，V不好過，跟著自己也不好過。

夫妻相對沉默了一刻，兩個小孩子各抱著磁人兒進來了。大兒子S走到V的面前靠著他的雙膝。

「爸——抱S出去外頭玩！」小孩子們在屋裡關了大半天，怪不得他們想出去了。

「爸——抱妹妹出去外頭玩！」小的T兒也跟著哥哥走近V面前伸出一雙小腕

撒嬌地說。

「媽媽帶你們到外頭玩去！讓爸爸休息休息。」妻希望丈夫在夜裡多做點筆墨工作，要讓他歇午覺。V覺著妻的苦心，眼皮禁不住熱起來。

「不——」S兒擺著他的小胴體撒嬌地說。

「你絕不要吵！讓爸爸睡醒了後買好玩的東西給你！」妻的這一句早失了哄他們小兄妹的效力了。

小的T兒聽見母親說帶他們到外面去，急急地走近她的母親，雙手攀著她的母親的足。

「爸爸，今天下午不出去吧。」妻把T兒抱上，翻過頭來問走向床前的V。

V向床上躺下去。他想妻這一問又像是刺笑他。因為他失業快滿半年了，前兩三星期，他為職業繼續著在外面跑了幾天。他也曾訪了幾個在軍政界辦事的朋友，想托他們替他介紹一個實業方面的工作。他想自己的專門是實業方面的學科，做實業方面的事才是因材施用。但這幾位朋友都沒有給V一個肯定的答覆。V本來就沒有口才，性質又異常的怯懦；他單刀直入地對那幾個朋友把來意說了後，不得要領時，V就不敢再說什麼了。最初他找著了一位舊友，這位舊友一見面就要他武裝起來參加革命。V想，革命兩個字雖然聽過，在前清小學校裡念書的時候也曾念過鄒容著的一本小冊子《革命軍》；但到了三十餘歲的現在「革命」到底是怎麼樣的一種事業，自己還不十分明了。

V在外面為職業奔走了十幾天還沒有結果。他到後來知道他的幾位朋友都是嫌他缺少革命性；換句話說，就是嫌他不革命。他每意識到這一點就暗暗地羞愧，自慚是個思想的落伍者。但V還是不輸服，他想這幾個朋友的革命不見得是真正的革命。

最難堪的是每天由外面回來，妻總是抱著小的，攜著大的站在門首望他。V看見妻蒼白的臉孔，心裡就異常的難過。他知道妻是在像焦望他回來一樣地盼望他找著職業——能使一家四口生活安定的職業。

嗣後V只籠在樓房裡，不敢再出去訪那些朋友了。頭腦冷靜之後，把對那幾個軍政界中的友人說過的話翻想一回，他自己還感著雙頰發熱。V覺得這是自己的一種無恥。夫妻是同心一體的，對妻本不該有所隱瞞。V幾次想把自己的無恥赤裸裸地告訴妻，但終說不出口。

妻像知道自己的鑽營（？）絕望了，才這樣的問。不，妻還在希望自己再出去活動，才這樣的問呢。妻這一問絕不含有刺笑的意思。妻絕不是會看輕自己的女人。V到這時候不能不把謀職業的事已絕望了的經過告訴他的妻。他一邊說一邊感覺雙頰發熱。他說了一篇話後，再補充了一句：

「現在唯有專等新大學籌備好了後回去教書的一途了。」

「原來再換上一班人來做官就是了！」妻說了後嘆了一口氣，抱著小的，牽著大的往樓下去了。

## 三

房裡的電燈亮了。V坐在書桌旁的一把滕椅子上望著ST兄妹靠著床沿吃米泡。妻走到廚房裡去，把電燈開亮，準備燒晚飯了。

妻又忙了兩三個鐘頭才把廚房的事料理清楚。小孩子們和母親一樣地勞苦了一天，才吃完晚飯就想睡了。妻再到火廚裡去打了一滿臉盆熱水進來，她替小孩子們洗乾淨了臉腳後就抱他們進床裡去睡了。

樓下房主人的鐘響了九響。V聽見他們母子三人都呼呼地睡著了，才由抽斗裡把未完的譯稿取出來。這篇譯稿由前月中旬就開始譯，預定於兩星期內譯完的，但到今天二十餘天了還沒有譯完。這篇小說的原作者是日本S氏，是篇有名的中篇創作，名叫《融合》。他譯這篇小說，可以說完全是由妻的督促。

暑假期滿了，W城的政治起了一個大變革。V知道在這下半年中學校萬無恢復的可能。他閒著無事，每天除披一件褪了色的青灰嗶嘰長褂子到外面轉一轉——當然是為職業活動——費去一個半個時辰外，其餘的時間都是躺在家裡。

從前失業時，V曾寫過一二篇小說換了點稿費補助生活，妻便以為丈夫的作品真可以維持一家的生活了。看看九月過去了，十月又快過去一半了。十月中旬前前後後下了幾天雨，有一天V從外面回來，看見妻蜷臥在床的一隅，大的S兒橫臥著睡在她側面，眼眶附近的淚痕還隱約可認，大概是看見母親病倒了就湊近母親哭，哭倦了後就睡下去了。小的T兒卻坐在書桌旁邊的滕椅上，手裡弄著一個洋火盒子，在進行她的破壞工作。洋火盒子快要破裂了，她把洋火一根一根地送進口裡咬。她像不知道母親病倒了，哥哥睡著了，她只熱中於她的破壞工作。

像是天氣的關係——那幾天的天氣太陰鬱了——妻患了點毛病。但據V的可靠的觀察，妻完全是因經濟壓迫和終日勞苦而發病的。她說近來血液的循環不良，常常頭痛。她常常靠著枕歪倒在床上還憂慮家庭的生活費。

第二天她好了些，就起來看小孩子，也到火廚裡去。V勸她多休息一點，她卻苦笑著對他說：

「我倒不覺得十分辛苦。我想把小孩子帶開，讓你做點東西。真的，不是說笑的！你莫再盡躺著把日子躺過去了。八九十一連三月沒有一文錢的進款，坐吃山崩，真不得了。不能到外面去找點事情來做，在家裡做篇把作品或譯點東西，寄到上海去看能換幾個錢來麼？真的這個月又快要過去了。」

「我曉得，我何嘗不想寫。不過我做不出來，沒有創作的心緒，有什麼方法呢？」

V在那時候實在不能寫什麼東西。在這兩三年間因為編講義，寫小說，實在把頭腦弄傷了。失業之後心緒更加散亂，雖然蒐集了些材料，但總沒有能力把它統一成整篇的完好作品。每天只能混混沌沌地過日子，把時光糟蹋了。V近兩三個月的生活實在有點像失了重心的陀螺。想讀點書，但不能繼續著把一頁念下去。念了一二行後覺得行間句裡夾雜著許多數字——到月底非結算不可的房租和油鹽柴米的代價。

V結果容納了妻的意見，花了一塊錢在H市的一家日本人開的書店裡買了一冊新進作家叢書。買回來後就著手翻譯它的第一篇《融合》。

把那冊日本小說翻開來一看，V知道這幾天翻譯工作停頓的原因了。因為他譯到了不容易譯的一段。無可奈何，V再把這一段細細地讀了一過，但還不敢自信為完全了解。

「不要譯了，明天到日本商店去請教日本人吧。」V把那冊日文小說擱在一邊，再把譯稿塞回抽斗裡去。他想睡，但時候還早，覺得很可惜。他勉強地把散亂的心緒收拾起來，把原稿紙換上，想把日來所蒐集的散漫的材料統一起來。他把所有的材料一一記在紙面上後再在別一張紙面畫了一個人物關係表，其次再把這些材料在各人物間為適當的分配。剛剛把這些工作做完，聽見樓下房主人房裡的鐘響十一點了。

「不早了，睡吧。」V這樣的想，並且也覺著夜深了的空氣冰冷得難挨。但他又拚命地向睡魔及寒冷奮鬥。V以為才把創作的精神統一了，萬萬不可放鬆，要乘這樣幽靜的深夜多做點工作；因為神經衰弱的V在日間聽著街路上的喧嚷和屋裡小孩子們的吵鬧，不能做半點工作。

# 四

V想寫的小說是以他的小孩子為Model。他開始寫小說的本文了。

……痛罵了妻一頓之後，我氣憤憤地走出大街路上來時已經滿街燈火了。

V寫了這一句，聽見妻也在床裡呼呼地睡著了，心裡大不高興。他的預想是妻把小孩子們哄睡了後會起來陪他工作的。現在妻居然先睡了，V這時候的感情就有點像在教室裡正在熱心地講演的時候發見了幾個學生在打瞌睡，傷害了他的尊嚴。

V把筆擱下。他暫把妻和一個朋友比較起來了。這位朋友姓凌，去年春由故鄉出來W城找職業的。說起來誰都不會相信吧，窮到這步田地的V還是姓凌的債權者呢。

V原來不認識姓凌的。姓凌的初到V家裡來還是一個學生介紹的。姓凌的一見V後就一見如故般的V先生長，V先生短的和V親熱起來。有時竟送一二頂高帽子過來要V戴。V明知姓凌的不是個誠摯的人了，但生性怯懦的他總不願意開罪朋友，也不願意使人臉上下不去。對貧者弱者同情是他的根本的性質。他覺得姓凌的對他的卑諂的態度完全是由純樸的鄉里流到生存競爭激烈的都會上來，生活困難使然的。V想到這一點，不單不敢看輕姓凌的，並且對他抱同情了。果然不錯，差不多經過半年之久，姓淩的沒有一天不到V家裡來，也沒有一天不在V家裡吃飯，不吃兩頓，也吃一餐。

姓淩的在W市混了半年餘，在某軍部裡找到了一個第幾等的祕書。但不喜歡他的幾個同鄉都說，不是祕書，是一個書記罷了，階級是中尉。姓淩的接到委任狀後就來向V借債，要V通融五十元給他。這麼大的一個數目把V駭了一跳，一時答不出話來。但姓淩的還極力主張非五十元不成的理由。他說，軍服一套要多少錢，皮帶一副要多少錢，皮鞋一雙要多少錢，還要軍帽，皮綁腿，長筒襪子。最後還要十元的旅費，因為某軍部紮在離W城百多里的一個縣城裡。

「要這樣多錢就有點難辦！」V到後來不得不說了這一句。

「V先生還愁沒有錢嗎！學校裡有薪水，做小說又有稿費。」姓淩的勉強地裝出笑容來。但V看破了藏在笑容裡面對V抱著反感的表情。V心裡感著一種害怕。

學校的薪水一月發，一月不發，僅僅把住在百物騰貴的W城的一家生活維持過去。至於寫小說完全是失業期中的一種救急的辦法。V想把這些苦情說出來。但後來V覺得姓淩的先有了一個主觀——錢非借到手不可的主觀，——就盡說苦情，他也絕不為所動的。

「我實在沒有這許多錢。你還有什麼地方可通融的沒有呢？」V決定借二十元給他。

「沒有地方可商量了。有幾個朋友都和我一樣的窮。你若不資助我，我這個差事就幹不成功了。以後更難找事做了。」姓凌的話雖有一篇道理，但由V聽來，完全是一種恫嚇。V想，他的差事幹不成功，不是又繼續在自己家裡吃飯麼？吃到何時止呢？V到後來覺得還是多借點錢給他，打發他開步走的好。

到後來姓凌的拿了三十元走了。臨走時對V說，等他經濟狀況從容的時候就會寄回來。但V並不敢希望，他只望姓凌的不要因所提出的五十元額被自己低折至三十元而對自己抱反感。但當V送姓凌的走到門首時，姓凌的臉上還滿佈著不滿意的表情。

「像這樣的熬夜，像這樣的向睡魔及寒冷奮鬥，不單是為妻子作牛馬了。這種苦況姓凌的何嘗知道！他當自己是個資本家呢。他不提出打倒自己的口號就算萬幸了。他哪裡知道自己是分割一部分的血肉給他！」V想到這點，知道這個責任還是該自己負擔，因為自己不該對朋友取敷衍主義。

「妻和這個朋友有什麼區別呢？不過她為自己生了兩個小孩子罷了。她還不是和朋友一樣的不知道自己創作時所受的痛苦——精神和物質雙方的痛苦。」

房裡的氣溫愈低下了，膝部以下完全像冰般的。他思索了一會，雖把睡魔驅除了，但對寒冷卻再挨不下去了。但他還忍耐著提起筆來加寫了幾行字：

……冬至近了，幾陣寒風繼續著吹進這條靠江面的街道上來。我因匆匆地走出來，沒有把馬褂加上，站在街路上微微起了一陣寒抖。

V勉強地寫完了一段，再把筆擱下來。他把寫成的文章重念一次。默念了後，覺得文章太醜了，聲調也不好。V想，創作小說還是像作日記一樣地老老實實寫下去的好。再不要裝腔作調地去做文章了。

「什麼！臭而且醜的文章！」他把那張原稿紙沙地一聲撕成兩片了，再折過來撕成四片，隨手塞進床側的紙屑籠裡去了。

他聽見妻在床裡翻身打呵欠。他想妻睡了一覺醒來了。

「媽媽！」V呼他的妻。

「什麼事？」妻的倦睡的音調。

「還有木炭沒有？起來生點火來好不好？太冷了！」

「早沒有了！炭簍裡只剩了些炭末。昨天小孩子的衣裳都沒有烘呢。夜深了，早點睡吧。」

「……」聽見沒有木炭了，V不好說什麼。但他不想就睡。因為有點創作興趣了，他想重新寫。

……受罪過的還是他倆小兄妹。

今年盛夏中由W城逃難出來，在H市的同鄉會館樓上分租了兩間小房子。樓房朝西，由上午十時起至夜裡十二時，一時間氣溫不能低降至九十五度以下，老的還不要緊，可憐的是兩個小孩子。他們終受了暑熱，體溫陡然地增高了，增高至超過氣溫四五度。最初當他們是受了寒，強他們服了不少的安地匹林，都中了毒，等到病好了點後，蒼瘦得不像個人了。但沒有死，總算萬幸。

……因為小孩子們的事，我和妻吵了好幾次嘴。……妻的確太不諒人了。自己的心和妻的心一天一天地疏隔起來了。到了近來，妻愈不像結婚當時的妻了，到了大兒滿了三歲，次的女兒也滿了一歲半的現在，妻愈不像結婚當時的妻了。

「楊奶奶……」妻像在夢中發囈語。

「你說楊奶奶什麼事？」V的文章又續不下去了，想和他的妻談談。

「我說——」妻在打呵欠，沒有把話說下去。

V聽見屋後街路上叫賣「油炸豆腐」的淒涼的音調。

「我說，鹽水是口渴的人喝的。不渴的人偏有淡水喝。狗也專在肥田裡放糞！我們只好十斤十斤的買價錢貴的板炭。」妻說了後嘆了口氣。

「打倒資本家！」他想起街壁上貼的標語來了。

楊奶奶是樓下的房主人，她的丈夫是家雜貨行的店主。妻說，她家昨天買了十多擔的便宜炭。V頂恨妻把自己的家事和附近有錢商人的家事比較著說給他聽。

## 五

第二天早上V起來時看見天色和妻近來的顏色一樣的陰鬱。V因為昨晚上失眠，精神很不舒暢，看見這樣的天氣，心裡更加不愉快起來。

「小孩子起來時要替他們加穿一件夾衫！」V站在廳裡高聲的向妻說。但妻在房裡並不理他。

「聽見了麼？今天天氣冷些。」他再高聲的說。

「還有什麼夾衫褲？！所有的不是都穿上身了麼？」妻在房裡怨懟地回答他。她還繼續著咕嚕了幾句，但V聽不清楚。V想莫去追究了，大概是罵自己窮的話吧。

V一個人走到廚房門首站了一忽，看見灶冷鍋冷的淒涼的情景，加上幾陣冰冷的晨風由牆外吹進來；也覺得近二三月來自己的生活實在有點慘痛。

——家和萬事興！從小就聽見自己的老祖母常常說這句話。這麼樣的一個小家庭——一夫一妻和兩個小孩子——夫妻之間應該「和氣致祥」才對的！可是妻隔幾天就要惱一回，對自己沒有好話說。作算開了口，不是罵兩個無邪的小孩子就是頂撞自己的不中聽的話。V想，自己找不到相當的職業，妻只可以怨命運，怎麼可以怨丈夫呢？V愈想愈氣不過，很想回房裡去發作幾句才消氣，但又怕災禍延到兩個小孩子身上去。他只能夠忍氣吞聲地在廚房門首痴站了一會。冷風一陣陣地向他臉上吹，他像沒有了感覺般的。

——像自己這樣的人只能夠潛伏在自己的萎頹了的靈魂裡面去。自己何以會有這樣衰老無能的狀態和性質呢？恐怕是年齡增長了的關係吧。否，恐怕是受了不純的消極的書籍的影響吧。

牆外的天空裡密佈著蒼灰色的雲，蛛絲般的雨絲紛紛地隨著寒風飛進牆裡面來。V忙退回廳堂裡來。他無意中望見廳壁上掛的日曆。由壁曆聯想到再過三兩天房主人就要來催房租了。由房租聯想到因為近來百物騰貴，房主聯合會主張加租的話來了。V愈想心裡愈煩悶，和自己最親密的妻也不能分擔一些的煩悶。

「爸爸！」大的S兒飛奔到他跟前來，他把V的左腿緊緊地摟抱著。「爸爸，今天不出去？」

V想回答他，還沒有說出口，又聽見T兒在房裡帶哭音的叫爸爸了。

「今天爸爸不出去，在屋裡引你們。」V攜著S兒的手走向房門首來。

「爸爸今天出去，S也不哭。爸爸出去買餅乾回來我們吃。」S兒笑著說。V覺著S兒的手掌像冰般的冷，看他的嘴唇也沒有一點血色。V再檢看他的袖口，果然他的防寒具，一件紅絨絲衫，一件棉背心和一件裌襖——都穿上身了，只差去年冬新制的一件柳條花裌襖。V再看握在手掌中的S兒的五根小指頭像腫脹了些，滿充著血。

他才踏進房，小的T兒就伸雙手要他抱。她的母親正替她穿衣裳。

「穿好了衣裳再說話哪！著了涼還害得到第二個！」妻強捉著T兒的手向一件小棉襖子的袖筒裡塞。妻的歇斯底里性的聲音引起了V的不少的反感。T兒哭了，掙扎起來不願穿棉襖了。

「看你拗得贏哪一個！」妻在T兒的小屁股上摑了兩掌。T兒狂哭起來了。V看見妻咬牙切齒，滿臉漲著青筋的醜態已經十二分討厭了，再看見T兒狂哭，早忍耐不住了。

「小小的女兒也值得這樣的教訓！」V叱他的妻。

「著了涼，又罵哪一個呢？要這樣的寵她，你就替她把衣裳穿上！著了涼時，莫再向我發脾氣！」妻把T兒的小棉襖向床角一摔，退到床側的一張椅子上坐下去了。

「你難為哪一個？好好的哄她穿上不可以麼？賤東西！」V厲聲地叱他的妻，但說到最後的三個字，聲音還是低了些，像失了氣力般的說不出口。可是妻還是一字不漏的聽清楚了。V知道妻的性質，她是一字不讓的。無論V說得如何的有理（？），她還是要強詞奪理的——爭辯。不服理地一任V痛罵一回的妻的性質是他所最討厭的。他常常想，女人終是個女人，始終不能理解男人的苦衷，不能理解男人的思想，不能理解男人的一切。他深信在這世間，絕沒有理想的配偶，也沒有圓滿的夫妻關係。

「不錯，是賤東西！賤東西要來擱在家裡做什麼？」妻冷笑著說。平日就蒼白不過的妻的臉上像加撒了一重霜。

妻有這種性質，常捉住V忿怒時未加思索說出來的過激詞加以批難，這是V頂厭惡的。V想盡爭辯是爭辯不了的，最後的解決方法唯有訴之武力。然而經驗告訴他，用武力解決也不十分妙，因為結果只苦了兩個小孩子。並且T兒的衣裳還沒有穿上呢。

「看你再多講幾句！……還不快點替他穿上！」V的聲氣也一點不讓步的再叱他的妻。

「話都說不得麼？我有嘴，你禁得我說話？！怕她著了涼，你就替他穿上！」妻說著站起來走出廳堂裡去了。

S兒早就聽呆了，一聲不響地站在一邊，他像在擔心大禍快要臨頭了。此刻他看見母親出去，像怕母親逃了去不回來，也哭著跟母親出去了。

「真是個爛潑婦！」V只能夠這樣的恨恨地罵。沒有法子，他只得把衣裳替T兒穿上。T兒也像知道父母間的情形不甚妙了，很聽命的把衣裳穿了，也停止哭了。

「爸爸抱！」她隻手揩著眼睛，隻手搭在父親的左肩上。V忙把她抱起，她趁勢就把頭枕到V的右肩上來。

V抱著T兒在房裡一上一下地走了一會，聽見室外的雨愈下得急了。V想近這一星期來氣壓像很低，一天晴兩天雨，並且一下雨就下一個整天的悶雨。失業的V困守在家裡聽著這種悶雨，特別的煩悶，但V又想，即在天晴氣朗的日子，自己也是一樣的煩悶。

「姆媽，S 要稀飯吃。」V 聽見 S 兒的帶哭的聲音，也覺得自己有點餓了。但妻像有意的抵制他，還不到火廚裡去。V 愈想愈恨妻不過，若不是有兩個這樣小的兒女時，他早就宣布離婚了。他後悔在從前的幾篇創作裡面太把妻寫好了。現在想來，妻是值不得自己讚美的。真的從前寫的幾篇創作太便宜她了。

T 兒聽見哥哥的聲音，從 V 的肩上抬起頭來，指著房外，要到廳堂裡去。

「M Mema！」T 兒給哥哥提醒了，思念她的母親了。V 只得抱了她出來。T 兒看見母親坐在廳堂裡的食臺旁垂淚，忙伸出一雙小手親向她。妻倒不仇視這個小女兒把她接抱過去了。這時候 S 兒靠近他的膝前來了。V 握著 S 兒的手，覺得比剛才更冰冷了。再察看時，也像比先刻紅腫了些。

「還有一件新袂襖也不替他穿上！」V 沒有留意到廚房門首的晒竿上還掛著兩件小袂襖，說錯了一句話。

「你沒有眼睛！你買了板炭給我替他們烘衣裳？！」

V 回想到樓下楊奶奶買便宜炭的時候，妻勸他也買三五擔被他拒絕了的事了。拒絕的理由是，現在是「爭買」期，價錢抬高了，過了「爭買」期價錢要便宜些。究其實，V的意思是，存款太少了，不能為木炭一項開一支大宗款。但妻說V是會乘不會除的，將來定要後悔，近冬的炭價只有增高，哪裡會低跌呢。V又想到S兒昨天吃米泡的時候的確是穿著那件掛在廚房門首晒竿上的黑柳條花布的裌襖兒。雖有這些回想，但終難引起他對妻的諒解。V終和他的妻決裂了。

# 六

V和妻決裂後，樓下的楊奶奶走上來了。V想，現在把一切責任付託楊奶奶吧，自己可以走了。若不走，妻絕不理小孩子們，也絕不會燒飯給他們吃的。自己走了後，楊奶奶定能夠把妻勸慰過來，這是由幾次的經驗知道的。

S，T兄妹早就靠著母親的胸懷哭做一團了，現在看見父親又離開他們，更悲痛地狂哭起來。

——為他們小兄妹計，還是快點走的好。妻在這星期內絕不能和自己好的。自己盡守在家裡，妻反不好做事，小孩子的看護也一定不周全。V聽著小孩子們的哭音，不能不忍著心痛跑下樓，冒雨走出街路上來。

站在街路上給風吹了一會，雨打了一會，才知自己沒有把黑呢馬褂披上，也沒把皮靴換上。他知道街路上是不能久站的，只好無目的地向街口跑。他一面走一面還留心去聽小孩子的哭音有沒有停止。在風聲雨聲的交響中，他還隱約聽見S和T兩個悲哭著呼爸爸的聲音。

——妻真該殺！丈夫的苦況一點不體諒，三天吵，兩天罵，弄得自己沒有一點心緒去創作或翻譯。自己從前會寫許多 Trasby Novels 也完全是妻的罪過。將來自己若患血充腦症而死也完全是妻的罪過。V 自言自語的無意識地走到 A 商店面前來了。

A 商店的主人是 V 的一個同鄉。這家商店離 V 現在的住家不遠，V 在家裡閒著無事做，常帶小孩子到 A 商店來玩。V 因為自己窮，絕不同 A 店主提錢財的事；所以 A 店主倒很歡迎 V 到店裡去談時事給他聽。

A 商店對門是一家咖啡店，V 在暑假期中也常到這家咖啡店來花過幾塊錢，結果他認識了一個「半老徐娘」的女堂倌。她姓孫，V 就常叫她密司孫。當 V 叫她密司孫的時候她便雙頰通紅的望她的同事。她的同事也望著 V 笑，像笑 V 迂腐。後來 V 知道她是一個小官僚的姨太太，也是這家咖啡店的一個股東，年紀又有三十餘歲了；V 還叫她密司，當然會給人笑的。並且她的同事們還當 V 是在懸想密司孫呢。但 V 想，她們就這樣的猜疑也不算得十分冤枉了 V，因為密司孫最初一次就給了 V 一個很好的印象——會使 V 隔天就準備花幾角錢到那家咖啡店去的好印象。在寂寞枯燥的 W 城和 H 市困住了兩年餘，今年初夏的一天晚上，A 店主約他到新開張的，在 H 市算頂整飾的咖啡店裡去吃冰淇淋，才踏上樓第一個來招待他們的就是老密司孫。她的樣子本來就不錯。會使人想像到她年輕時的標緻。V一見她就引起了他往年在海外咖啡店的回憶。嗣後V就一個人不給A店主知道，隔晚就到咖啡店樓上來和密司孫談天。當然老密司孫是很歡迎他的，因為頂少喝一盅咖啡也得花一角五分錢。

暑假後，V的收入的來源絕了，不敢常到咖啡店去。但他常到A商店的樓上去，隔條街路，窺望咖啡店的樓上。有時V一個人去，有時帶一個小孩子去。每天等妻由街上買菜回來——約十點鐘前後——V就到A商店去。這個時刻，咖啡店也開始營業了。

有一天V一個人出去，直至吃午飯才回來。

「天天到A商店去也不怕他們討厭你嗎？有什麼許多話可以談！不如早點回來看看小孩子，讓我多做點事。」妻很不樂意地發了一陣牢騷。

「因為來了一位新從鄉里到來的朋友，多談了些故鄉的事情，就過了時刻。」V嘻笑著扯了一個謊。

「誰信你的話！恐怕是咖啡店的女客吧。」妻翻著白眼瞧了他一忽。V禁不住雙頰紅熱地一時答不出話來。

子。」

「怪不得楊奶奶看不起你呢。你雖然窮，也當過大學教授來，有時候也得顧顧面

「楊奶奶造了什麼謠？她怎麼樣說？」V覺得自己臉愈加紅熱起來。

「何止楊奶奶！左鄰右舍的人們都知道了。她們說，住在楊家樓上的姓V的真是個奇人，一天到晚沒有事做，每天跑到A商店的樓上向著對面咖啡店樓上的女堂倌笑嘻嘻地眉來眼去！他家裡一家人到底怎麼樣過活的？你想，你還有臉孔見左側右面的人麼？沒有職業就坐在家裡，少出去丟醜還好些！」妻再發了一陣牢騷後又嘆了口氣。她像嘆惜自己的丈夫不長進。

——該死該死！我竟不知道附近的人們對我有這種惡評。這還了得！生性浪漫不拘的V到這時候對著妻也覺得很難為情。嗣後V就很少到A店的樓上去了。作算一星期間去三兩次，也很謹慎地先偷望街路上有認識自己的人往來沒有，他不敢率直地一登樓就走近窗口伸出頭來向對面的樓上眺望了。

V走進A商店來時，身上的青灰竹布長褂子差不多全部淋溼了。外面的雨也越下得大了。進了冬期的A商店生意很忙，下雨的今天生意還是一樣的忙。A店主要

應接來客，沒有工夫和Ｖ閒談了。

「今天下雨，對面很少客，你到那邊去花一二角錢和她敘敘情不好麼？」Ａ店主以慣用的口調向Ｖ說笑。

「還有這種閒心緒？！」Ｖ苦笑著說。他在Ａ商店坐了一會，看見他們的生意太忙，便告辭出來。此刻雨也停了，天氣也轉暖和了，街路上也漸晒著淡淡的日影了。

# 七

V由A商店出來沿著大街直下，走了一會，日影漸漸強烈起來了。他覺著自己的溼衣在大氣中蒸發。他無意識地在彎彎曲曲的街路里走了半個時辰，走到一個住貧民窟中的友人R的門首來了。

R是V從前在F縣中學當教員時代的一個同事。他原擔任數學，後因新進的數學教員多了，便改擔博物。再過二三年新進的博物教員也有了，他便改擔本國歷史和國文了。又再過兩年，換了一大批思想急進的學生就把R驅逐出校了。學生們定他的罪名是「思想落伍，學識毫無。」當時V雖然替他抱不平，但也想不出什麼方法來。V只覺得自己不跟著R辭職，實在十二分對不住他。

V走進來時就看見R的一家四個圍坐在R的床前的一張小桌子上吃飯。R雖然盤腿坐在床上，但背還靠著一個高高的被堆。和R對面坐的是他的夫人，上首坐的是他的年約六七歲的女兒，坐在下首接近R夫人的是才滿三歲的兒子。R夫人正在餵飯給她的兒子吃。

最初V能夠到F縣中學校當教員，R替他出了點力。R由F縣中學出來就失業了，帶了家族流到人情淺薄的H市來。後來他聽見V升了W城的大學教授，便過江到W大學來看了V幾次，V知道他生活困難，也接濟了他不少。他們雖不能說是莫逆，但總是互有理解的朋友了。

V才踏進R的房門就聞見一種鴉片臭和尿臭的混合臭氣。V原想到R家裡來吃碗稀飯充充飢的，現在聞到這種臭氣，肚裡也不覺得餓了。

「你沒有吃早點吧。就在這裡吃碗稀飯好不好？」這是R望見V時的第一句。接著R夫人也笑著說：

「V叔父，怎麼樣，吃點稀飯麼？」

「不，我吃過了。你們請便，我到外面廳裡坐一坐再來。」

「就在這裡面坐不要緊，我們快吃完了。」R夫人一面說一面站起來，走近一個茶几前倒了一杯茶過來。

V在廳前站了一會，就聽見R請他進去。V再走進來時，先刻的睡床改成煙炕了。R夫人在收拾床前桌子上的碗筷。R早躺下去在燒鴉片了。循著慣例，V就在R對面的席位上躺下去。

R本來患風溼病多年了。春夏之交，病勢更加厲害，不能行動，整天都睡在床上。到了乾燥的秋冬期，病勢便好些，能夠坐起來。天氣若好，鴉片又吸足了時也可以扶著手杖移步到小院子裡晒得陽光的地點坐著行日光浴。

R說，昨夜裡他的周身筋肉抽得厲害，連骨裡面都隱隱地作痛，他就知道今天要下雨了。

過了一刻，R夫人抱著小的兒子走進來，大的女兒也牽著衣角跟進來。V看她的小兒子，非常瘦弱，臉色也像菜葉般的；這大概是R夫人營養不良，沒有充分的乳餵她的小孩子。大的女兒也笨頭笨腦的，兼之穿上一身襤褸的衣裳，愈使人覺得可憐。

R夫人才坐下來就提出房主聯合會虐待住客的問題來討論。

「原租四塊錢，我們都覺得多了。聽說從下個月起要加倍的租金。塊把兩塊還可省點錢出來，要八塊錢，真的難為了我們窮人。V叔父，你看這樣破舊的房子也值得八元的租錢麼？」

「房租錢講不減時，下個月真的不知搬到什麼地方去好。要搬家就麻煩了，像我這個有風癱病的人。」R扶著菸槍說了後連嘆了幾口氣。

「收了幾十年的房租還不夠，到此刻時候又說加租，真是沒有一點道理！」

房裡沉默了好一會。

「小孩子睡了後，到褚先生那邊去，看能夠借多少回來麼。」R夫人說了後，R就點了點頭。

「沒有一天不為錢的事愁苦！」R再嘆氣。

據R說，褚光漢是F縣中學的學生，R愛他聰明好學，在中學時代就資助他的學費。畢業後因無力升學，R再資助他至北京進師範大學。褚光漢現在W城的某師政治部當主任了，每月的收入不少。R早想去看他，無奈腳不從心，只叫他的夫人拿一張名片去拜候褚主任。

R夫人說，她把R的名刺遞進去後，在傳達室坐著候了半點多鐘，果然有一個勤務兵出來很恭敬地請她進裡頭去。她跟著勤務兵，過了一條很長的甬道，再進一重中門，彎向右廊下，有一間房子，房門首貼著「會客室」三個大字。勤務兵就請她進房子裡坐。她留心看室中的陳設，簡單得使她吃驚。正中擺一張寬約二尺，長約六尺的桌，靠門首的一端有一把比較大的靠椅，大概是主人的席位。桌的兩旁分擺著六把椅子。桌那一端的壁上正中用鏢釘釘著一張墨印的孫總理遺像，遺像上面，左右分掛國旗和黨旗，下面貼著一張藍底白字的總理遺囑。兩面牆壁上分貼有十餘張標語，她認得幾條是「實現三民主義」，「完成國民革命」，「革命軍不怕死不要錢」。她想，這定是革命後最時髦的陳設了。

她在會客室裡坐著再候了半個時辰才見褚主任雄雄糾糾地走進來。他走路的樣子就有點像小學生初習體操，「左右左右」地把地板踏得咚咚地作響。他的後面還跟著一個勤務兵。他坐下來後，勤務兵就像泥塑的，雙手筆直地站在他後面。

褚主任一見面就表示十分歡迎她的來訪，其次就詳細地詢問R先生的近況，聽見R先生失業，有病，貧苦，也表示出十二分的同情。她想，這位革命青年褚先生恐怕是我們一家人的救星了。她想，自己的希望並不奢，褚主任能夠將借去的四分之一償還來，一家大小四口一年間的生活費就夠了；這是R夫妻聽見褚光漢當了主任的消息後，私下商談過的。

她看見褚主任對舊日受業師的貧病既表示十二分的熱腸，並且說若不是工作太忙，他就要馬上來會先生的，但一星期內他準定來拜訪先生。她也把這位革命青年恭維稱讚了一回，同時把自己一家的苦狀也詳悉無遺地說出來，想多求點以解除民眾的苦痛為己任的革命青年的同情。

可憐的她以為褚主任總可以暫把點錢給她帶回去用，所以盡坐著不願告辭。她再坐了好一會，仍不見褚主任有把錢的表示，很想直直捷捷地向他開硬弓，但一反想，還是第一次會面，不便就開口要錢，只得忍下去了。到後來還是褚主任說他的工作忙，要回辦公室裡去。到這時候，她只得站起來問褚主任什麼時候能夠到他們家裡去。褚先生沉吟了一會說，很想一星期內到她家裡去，不過日子實在難得預定。她抱絕大的希望而來，預想不到會獲得這樣不得要領的結果。

# 八

「那麼，褚主任來看過你們沒有？」V聽R夫人說了一大篇話後問她。R扶著菸槍搖了搖頭。

「他那樣的大官怎麼肯到我們家裡來呢？」她對褚光漢像很不滿的。「一個人莫做官的好，做了官就認不得故人了。」

「那麼他欠你們的錢呢？」V很替R夫婦抱不平。

「她從褚那邊回來後，再過四五天又去過一回，但就會不著了。名片遞進去後，門房出來說主任不在部裡，出去了，不知是真是假。不過會得見會不見都沒有什麼關係，我只希望他還我幾個錢——不是還，借給我幾個錢。所以我就寫了一封信掛號寄過江去。過了兩天接到他一封回信，封寄一張十元的鈔票來，並且說隨後再替我多籌點錢，還寫了許多對不起我的話。我想算了，莫再希望他的錢了，多寫信去傷了感情不好。官場我是無緣的，也怕和他們來往。但前天那邊又來了一封信，說他不得空——大概是實情——要我家裡的到那部裡去，或者可以拿點錢回來。」

「褚光漢總算有良心的人。像我的幾個朋友……你是知道的，不說了吧。」

「你近來活動的結果如何？有點希望了沒有？最恨不過的是我的病！你若弄得個局面，我真想在你底下做點事。」R的誠懇的態度差不多把V的眼淚引出來了。他想，自己太無能了，對不起老友了。近半年來的，R的困苦的深刻的印象免不得再在他腦中重演一次。

有的是V親眼看見的，有的是R告訴他的。

R的日常生活全靠替街下的小商人和工人們做訟詞稟帖去維持。有時替沒有男子的家庭或不會寫信的家庭寫家信，他替人家寫楹聯及門聯。一句話，他是以寫字為生活了。寫字的報酬近來愈低減了，這因為他的生意愈做愈濫了，一元兩元的雖然有，但一般的是三角二角錢。有時候替一個吝嗇的老婦寫一封囉蘇不清的家信，寫了大半天，只得到十個八個銅角子的報酬還算是好的。他常常一連幾天沒有生意。

今年春深一天的星期日，V吃過早飯由W城過江來看R。他到R家裡時看見R還睡在被窩裡呻吟著呼痛，小的兒子蜷伏在V的足部的一隅呀呀的哭，大的女兒也站在房門首垂淚，像在望她的母親回來。

「吃過了飯沒有？」V問R的大女兒。她只搖搖頭。

「你母親哪裡去了?」

「買稀飯去了。」

V走進房裡呼R呼了好一會才見戴著一團亂草般的R的黑瘦的面目從被底下伸出來，他望了V好一刻才認識是V，他便喘著氣說：

「對……不住……了。……我……不好。你……坐……坐吧。」R的頭臉再埋進發出一股臭氣的黑髒的被窩裡去了。

V看見這種情形，心裡很難受。他無意識地走出廳前來坐在一張比較乾淨的凳上，等R夫人回來。他想，他們一定是斷炊了，今天非傾囊相助不可了！但他又覺得可笑，因為今天自己的「傾囊」只有四張鈔票，還值不得三塊現洋呢。

再等了一會，R夫人跑得氣喘喘地端著一中碗的白糖攪稀飯由外面跑進來。V認識那一碗稀飯是值得四個銅元。他看見碗裡面熱騰騰的粥湯就有點像地球未成立前的充滿著宇宙的星霧，浮沉在這粥湯裡面的三十五十的飯粒就像新成立的星球。

「V叔父來了麼?」R夫人一走進門看見V，雙頰通紅的問了這一句後再繼續著說。

「今天一早有點事情出去了，來不及煮稀飯了，小孩子們喊肚子餓，只好快買碗稀飯他們吃。V叔父吃過了早飯吧。進房裡來坐坐吧。」R夫人一面說一面端著那碗稀飯往房裡去，她的大女兒跟著進去了。

V在廳前想像到房裡四個人分吃那碗稀飯的情狀，差不多要掉下淚來了。

過後R還垂著淚告訴V一件受罪的事。

有一次R替一個下級軍官——由R的推想，大概是個排長——寫封家信。那時候他還能夠起來慢慢的行動。他在門首的狹小的街路口擺了一張桌子，掛起招牌替人寫字。據R說，初次坐在街口十分不好意思，怕給認識的人看見。坐過了一二個星期後，倒不覺得什麼不好意思，只希望多做點生意了。R又說，最多的顧客還是丘八，其次就是女人。R擺寫字桌擺了個把月後，一天來了一個掛斜皮帶的下級軍官請他替寫家信。R就照那個排長念的意思寫下去。大意是：

「信寄家中老父親。兒自M縣出發後，二個多月中一連打了三陣大仗。蒙上天保佑，祖宗積德，敵人的千百萬顆彈丸沒有一顆射中兒的身上。前面的弟兄們實在死得不少，在後頭跟著我們來督戰的官長也死了好幾個。打得最厲害、最可怕的是第二仗，在P江畔上，我們都踏著死屍前進。兒在這一仗才知道人命是這樣不值錢的。軍官騎的馬打傷了二匹，彈丸射在馬的腿部，馬沒有死，但跑不動。軍官忙下緊急命令叫軍醫官馬上過來替馬洗傷口敷藥。並且派十二個兵士扛著這三匹傷馬跟著大隊前進。但是我們一旅在這第二仗中彈負傷的不下百人，睡在沙場裡呻吟著望看護隊望了大半天還不見有個人來睬他們。兒到這時候才知道人命不如馬命值錢。我想，上官已經把我們當他的牛馬看待了，我也可以不當他是個人了。但是我們只心裡有氣，哪裡敢說出口呢。

「我們一路來都是餐風宿露，帶月披星。聽見敵人距離我們不遠，我們就要徹夜的追擊。在這兩個月間，每天只吃兩頓粗黑的乾飯的日子多。有些日子只吃一頓稀飯。打了三個大仗後到了P城才發了兩塊現洋的餉。可憐的先死了的弟兄們，一條性命只換到一套灰斜布的軍服，一頂軍帽及一雙草鞋。其實這三件東西，他們又何曾得到呢？

「兒出來當兵原是想吃糧的。進了營才知道當兵是這樣危險的職業。兒想，性命尚且不保，還吃什麼糧。有個政治工作人員來訓練我們，問我們為什麼當兵，我們一百個人中有九十九個半是說因為住在家裡沒有飯吃。政治指導員就說，和我們一樣地沒有飯吃的人多得很，所以我們要救這班沒有飯吃的人們，解除他們的痛苦，使他們都有飯吃。兒不很明白這位政治工作先生說的話。我想，我們自己還沒有飯吃，怎樣有力量使他們有飯吃呢。自己本身的痛苦還沒有解除，怎樣會有心緒去想法子解除他人的痛苦呢。我不懂政治工作人員所演講的是什麼意思，我只暗暗地羡慕這位先生帶的金絲眼鏡和腳下穿的光亮亮的黑皮靴。

「兒還沒有入營之前，聽見上村裡當過兵的程伯伯說，當兵靠在額的薪餉不單養不活一家人，就連自己一身的用費也難維持；所以當兵的若有機會就要到民間去發點橫財。但是現在的革命軍裡的規矩很嚴厲，不容易發民間的橫財。不過進了 P 城，我在一家公館裡搜查敵軍，敵軍沒有搜著，倒發了點橫財。因為我要的是鈔票，不要現洋，所以沒有給長官發覺。若不然，兒這回哪裡有這些錢寄回家呢。寄來以性命為孤注換來的銀洋三十元，你老人家好好的收用吧。」

R 替那個排長（?）寫了這一封家信後，第二天就來了兩個擔槍的兵士把 R 帶了去。可憐患風癱症走不動的 R 給兵士拖到營盤裡來時已經上氣不接下氣，全身軟成一堆倒在地上了。

事情審問明白了後，第二天R由營盤裡釋回來了，但也挨了好幾個嘴巴。聽說那個排長終被執行槍決了。R後悔不該把那個排長所說的話寫太詳細了。

從那時候起，R不再在街口擺寫字桌子了。

## 九

V由R家裡走出來後，覺得街路上的空氣清爽得多。他覺著有點餓了，就走到一家館子裡去吃麵。他一邊吃麵，一邊把自己的小家庭和R的比較。他想，自己的生活當然比R好得多了，可憐的沒志氣的自己，由R看來還是個高不可攀的天人呢。V也自信自己比R能幹得多。但R的天資也不在自己之下吧，他比自己，所差的不過沒有到國外去玩三五年。不然，他還不是和自己一樣的得了一個博士學位回來，滿口英腔了。V又想，自己的妻和R夫人比較又怎麼樣呢。當然，萬趕不及R夫人了。自己的妻哪裡趕得上R夫人賢慧呢。

——妻的境遇比R夫人好得多了，但還敢嫌丈夫窮，真是死不足惜了！若不是有兩個小孩子，我絕不回家去了。他們此刻怎麼樣了？楊奶奶把妻勸慰過來了吧，妻止了哭吧。楊奶奶替小孩子們買了幾個蒸糕給他們吃了吧。自己家裡定是鴉雀無聲的。或者妻還在啜泣也說不定。小孩子們看見母親不高興，也不敢鬧著說到外面去玩了吧。他們只守著母親悶悶地坐著吧。可憐的還是小孩子們！

——我自己不能證明我比R強，妻當然比R夫人笨拙，但是自己的兩個小孩子的確比R的兩個強，也活潑伶俐得多，這是自己敢保證的。可笑的R，他說要和我結親家呢。真是「愧不敢當」。哈，哈，哈！

幸得時刻還早，同上這家館子的人不多。但也有二三個客聽見V獨自發笑，都翻過頭來望他，當他是個神經病者。

V從麵館子出來，站在店門首躊躇了一刻，他想此刻到什麼地方去呢。回家，當然還不想。一滴的屋簷水滴到他的袖筒上，他才知道自己的長褂子早乾了。他實在很想回家裡去，不過他怕妻還有氣，自己又不情願先開口向妻賠不是；結局因自己回去，妻反不做事了，只苦了小孩子們。他又想再到在軍部裡當什麼科長的朋友K那邊去，看他有什麼好消息給自己沒有。他開步走了。

不一刻他走到軍部門首來了。他看有四五個持槍守門的兵士，心裡有點害怕，也有點討厭。他忙低頭看看自己的長褂子，覺得太不成樣子了。他想，穿著這樣難看的長褂子走前去，定給兵士擋駕的。或者竟受他一個槍頭也說不定。V愈想愈膽怯起來了，在軍部門前徘徊了一刻。他無意中發見到一個守門的兵士目不轉睛地在注視自己。

——不得了，不得了！在軍部門首徘徊這樣久做什麼事！自己太傻了。不想進去就快點走路。你看，那個兵士不是猜疑自己是個歹人麼？他定以為自己是個暗殺者，不然就是個敵探，再不然就是個小竊了；總不出此三者。

V一邊想，一邊忙拔開腳步急急地走。他暗暗地感著一種羞愧。他還走不上三五步，聽見守門的兵士在高呼，「立正」，「敬禮」，他的胸口又在撲撲地跳，禁不住翻轉頭來看。他看見一個青年將校由裡面走出來，正在對守門的兵士舉手回禮。後面跟著一個年約二十四五的美人，手裡提著一個皮夾，也微笑著向兩側的兵士微微地點首。一架汽車在軍部門首候著他們。汽車伕看見他倆來了，忙背過手來把車門打開，讓他倆雙雙進去後再把它關上。只聽見嗚的一聲，車後起了一陣灰白色的塵煙。等到那陣塵煙消失了後，汽車早不知去向了。

——你們這些畜生！公家的汽車是不是給你們載著姨太太逛租界的！？V一邊走一邊這麼樣想。他還聽見在街路上站著的好事的人們在批評那個抱著美人坐汽車兜風的青年將校，他們說是L處長。

V由汽車又聯想到妻的事了。

那是去年冬的事了。陽曆新年的年假，V要妻帶兩個小孩子和自己一路到租界上去照相。V每年冬就要合家照回相，這是他家裡的習慣。

「今天街路上人多了，不好走。明天去吧。明天二號還是假期。」妻推開玻璃窗扉，把頭伸出去檢試風力的強度。

「今天風大呢，爸爸。怕小孩子吹了風回來不好，明天去吧。」

「今天天氣好，出了太陽。有點風不要緊。」V還在催促妻換衣裳。

「穿什麼衣裳好呢？沒有衣裳穿，照什麼相！我不去了！」妻走近衣箱前，打開箱蓋，翻出一件深綠色的素緞袂衣，拿在手裡看了一會，再摔回箱裡去。

「天氣太冷了。的確，穿袂衣出去有點不好看。你就穿那件灰色線絨的棉襖不好麼？」

「穿那件東西出去，像個鬼呢！老婆婆般的。」妻努著嘴說，搖了幾搖頭。

V想，怪不得妻整天的不歡樂。就這一點，太委屈她了。妻和他結婚那年只十八歲，到今年二十三歲了。她常常說，自嫁V以來沒有穿過一件鮮豔的衣裳。所有的衣服的色澤不是灰的便是藍的，不是藍的便是黑的。材料也大部分是普通棉布制的。她又說沒有這樣老，穿了那些衣裳愈見得老了。現在她頂喜歡的恐怕是那件深綠色的素緞袂衣。但現在想把它穿出去也未免太不合時了。

討論了半個時辰，結果把那件灰色線絨棉襖穿在裡面，再把深綠色的素緞袂衣加上。這是V的考案。妻沒奈何，只好同意了。

「坐街車去麼？」V徵求妻的意見，他很決意，若妻要坐街車，他定不吝惜的馬上去叫街車。

「算了吧。天氣冷，走路暖和些。一個人抱一個走路吧。」H市的街車實在不便宜，由V的屋門首坐到租界口，不要一吊也要八百錢。他想，妻的主張是值得感激的。

妻本來不會走路，近來身體又不很好，並且抱著小孩子，街路上來往的人又擁擠；所以特別走得慢。V抱著大的兒子也慢慢地在她後面跟著走。

「叮叮叮，洋界上！」S兒聽見後面有街車和包車的鈴音就笑著唱，因為他看見許多紅紅綠綠的行人，喜歡極了。看見一架街車才飛過去，隨著又一架包車在後面趕來了。V聽見鈴音就十二分的討厭，因為要他退在一邊讓車子過去。V和妻在街路上走了不滿半點鐘，看見來來去去的街車和包車不下四五十輛了。

坐著包車過街的大多數是衣服穿得非常麗都的年輕女人，有姨太太，有小姐，有女學生，還有女事務員。每當穿的衣服稍為漂亮點的女人走過去時——不問那個婦人坐車子或步行——V就看見妻抱著T兒站在一邊發痴般的注視她。當然，妻和那個女人是素不相識的。V看見妻的那種態度，心裡覺得很討厭，同時也感著一種淒惻。

「媽，快點走嗎！」V促他的妻走路。

「太擠了，讓他們走過去後再走吧。」妻給V喚醒了後忙翻過來臉紅紅地微笑著向V說。V在這瞬間，感著自己有一種未了的責任——雖然是輕的，但對妻理應盡的責任。

V和妻走了點多鐘走出洋界上來了。無數的汽車和馬車交錯著在大馬路上奔馳。

「啊！汽馬車！啊！馬車！」S兒歡呼起來了。他初來H市坐過一回光頭馬車，所以他認識馬車。至於對汽車，他特別地叫它做汽馬車。雖經過妻的幾回糾正，但他老不肯改他自己所創作的汽車的名稱。

在租界上的景象比中國街路里的又大不相同了。汽車裡面的女子穿的衣服的綺麗，V妻不單從未看過，並且即令幻想也幻想不到這種奇式和花樣。她抱著小女兒站在路側痴望了一會，禁不住低下頭來看看自己衣服的色澤。老實不過的深綠色的素緞袂衣配半新不舊的，認真看起來有點轉了黃色的黑文華縐裙。妻那種黯然神傷的態度實在使V看見難過。他也覺得妻的衣飾實在有點土笨。

一輛光亮的汽車駛近V夫婦面前慢慢的走過去。V還沒有看見汽車裡面坐的人，先看見站在兩旁的車舷上的兵士——肩膀上掛著盒子炮的兵士，汽車頭上插著一根白布小旗，上書「×××軍部」五個黑字。汽車在一家洋點心店前停了，由裡面走下來的是一個三十歲前後的女人，衣服的華麗，金首飾的閃爍，使旁邊看的人目眩。但認真一看那個女人的臉孔，V駭了一跳。他想，這個女人恐怕是由瑪達喀斯卡島來的吧。V看見這個女人就不免加以思索，她的丈夫是怎麼樣的人呢？

——她的丈夫從前定是在鄉間挑糞桶或推糞車的吧。後來因為生活困難就出來當兵，很勇敢地打仗。打一次勝仗升一回官，現在恐怕不是旅長也是團長了。位置高了，把鄉里的太太接到大都會上來享享福，報答她幾年來在鄉里所受的物質的痛苦。現代只要有槍桿子！有了槍，無產階級可以化為新貴族，窮光蛋也可以馬上一躍為富豪，從前菜根都沒有得咬的人也可以在大菜館裡燈紅酒綠地大宴其客。人生需要槍桿子！現在的世界是有槍階級萬能的世界！你這個笨蛋！快把筆桿放下，換根槍桿子擔擔吧！V在滿腹牢騷地胡思亂想了一會才催促他的妻開步走。

「還照什麼相？回去吧！我懶得照了。」妻以怨懟的口氣說。

V知道妻受了大都市氛圍氣的包圍，心裡感著一種物質的寂寞了。

「快到了，我們照去吧。小孩子們每年該照一回相，留作紀念的。」V只好這樣地勸慰妻。

「走不動了！」妻在發脾氣。若在平時，V早把妻臭罵一頓了。但在今天，他覺得妻實在可憐，該向她表多少同情。

結局，V叫了一輛黑汙不堪的露頂馬車過來。S兒和T兒坐上去後禁不住手舞足蹈的歡呼起來，連呼「坐馬車！坐馬車！」

馬車到一家照相店前停住了。V給了七百錢給車伕。

「好便宜的馬車！」妻微微地苦笑著說。

# 十

V和妻帶了小孩子走出照相館時，快近中午了。妻抱著小女兒一聲不響地盡向前走。V看見妻的懊惱的態度，頹喪的精神，心裡十二分的難過。

「坐車子回去吧。你走累了吧。」

「坐什麼車子！」

現在V苦笑了。他覺得今天的妻很奇特的改變了態度，但自己也無理由地覺得很對她不住。

「餓了吧。你常說沒有吃過大菜，我們今天吃餐大菜去好不好？」V覺得唯有今天非對妻低聲下氣的不可。

「哪裡有這些閒錢！」妻說了後，看他像怕話說得過少了，再繼續著說，「我一點不餓。不知小孩子怎麼樣？」這時候她才翻過頭來看V抱著的S兒。「S，你餓了吧。想吃什麼東西？」

「S要包子！S要肉包子！」他們恰好在一家包子店前走過，S兒指著店臺上擺著的包子說。

「要包子，要包子！」T兒也跟著哥哥學說話。
「吃糖的好吧。」V說了後，S兒立刻帶哭音的反對說：
「S不要糖的！」他還掙動他的雙腳。
「不要糖的！」T兒再跟著說。
「你要不要？」V走向包子店前，一面問妻想吃不想吃。
「不要！」她緊鎖著眉頭向V發惱。
「不要就算了，何必生氣呢。」V笑著說。妻努著嘴翻過臉去不睬他了。
「汽馬車！」S兒聽見汽車的嗚嗚的音響，忙翻向馬路上看。一輛汽車在V妻的身旁駛過去，她忙閃身躲。
「危險！」V還在說，汽車走過身了。妻的裙腳上濺了好些泥水。因為前一天下了雨，凹凸不平的馬路上的窪地裡還滿貯著灰黃色的泥漿水。妻把頭歪向左邊往下看，看見裙後面散點著許多泥水，再抬起頭來望V。V看她像氣得說不出話來。
V再沒有心緒揀包子了，隨便地買了四個，分給了S兒和T兒。
「真可惡的汽車。不看著有沒有人，瞎駛一頓。」V跟在後面安慰妻，但她一聲不響。

「裙子不好洗吧。」V繼續著問。

「橫直是舊破了不值錢的，只有我才敢穿出來！」妻的怨恨之詞真是溢於言表。V唯有苦笑。他倆間也沒有話好說了，只有默默地走路。V望著T兒靠著母親的肩膀左右手各抓著一個包子，向左手的咬了一口再咬右手的。

「S，你看妹妹的包子兩個一齊咬來吃。」V看見T兒的無邪的姿勢，心裡十二分的歡愛，忙告訴大兒子S。

「妹妹傻傢伙！S吃一個，留一個明天吃。是不是的，爸爸？」S歪下頭來望父親的臉。

「不錯，S說的話一點不錯。爸爸真喜歡聽。」V覺得大的哥哥和小的妹妹一樣地無邪得可愛，忙在他的小頰上連親了幾吻。

「爸爸沒有剃鬚鬚，刺死人。」S兒也異常喜歡地笑著說，說了後再咬包子吃。

V想，自己實在對不住妻子，尤對不住小孩子們。妻身體不好，也沒有工夫，差不多半年之間沒有一次帶小孩子們到外面玩。V自己也因神經衰弱，喜靜不喜動，小孩子們如何的盡鬧他，他是不帶他們去的。今天像由籠裡放出來的小鳥兒，他們的臉上，由出發直至回來，始終浮著微笑。

「T！你這討人厭的！」妻忽然地在前面罵小女兒。

「什麼事？什麼事？」V忙跑近來。

「說我拿著餵你，死不聽話，定要自己拿著吃。你看，媽媽的衣裳給你滴了滿身油了！」

V忙看妻的胸部，素緞袷衣上面滴了好幾塊油跡。原來是T兒咬著了包子裡面的肉球，怕燙舌頭，全吞不下去，肉球散落了，把母親最珍惜的一件好衣裳弄髒了。

「運氣不好，什麼鬼都碰得著！我說不出來的，偏要死拉人出來！」妻的後一句是罵V了。

「不要緊，用打油肥皂洗得乾淨的。就用揮髮油洗洗也使得。」

回到家裡來後，妻用棉花蘸著揮髮油把袷衣上的油跡揩了會，不見得十分有效。著油的地方色澤像加深了些。妻的精神像完全給這件事支配著，她把揮髮油塗上後，不一刻又撿來看，不一刻又撿來看，看油氣發散了沒有。她怕房裡的光線不足，又拿到廳前的窗口細細地看。揮髮油發散了，但油跡還沒有去掉，轉成灰黑色了。

「怎麼樣好呢？用揮髮油洗還是洗不掉。」

V想，妻當然和自己一樣的餓了，但她為那件裌衣，中飯也沒有正經的吃了。

「我去買塊打油肥皂回來試試看，那個德國人的攤子上賣的。用過的人都說很好呢。」

「那你就去買塊回來吧。哪兒有賣？」

「F街口。」

V每次到租界上去，走過F街口時就看見一對穿著襤褸衣服的德國夫婦在街口擺著一個洋鐵箱子在賣肥皂。他們看見走過去人的衣服若有油漬的汙點，就把他拉過來替他洗。那個德國男人先用肥皂塗在油漬上，再用一根小牙刷蘸著清水慢慢地擦，到後來把那些肥皂的泡沫揩乾淨了後，油漬也就消失了。油漬洗乾淨了後，那個客人給二三個銅板給他，他搖著頭拒絕。他只要求客人買一塊肥皂，一角銀洋一塊。你不買也算了。V想這點倒和中國的小商人不同了。若是中國商人，定強迫客人買那塊肥皂了。最好的中國小商人也定把客人給他的二三個銅元笑著領下來了。

不是那種肥皂的功效給了V一個深刻的印象，實在是那對德國貧賤夫妻的漂泊情調給了他一個深刻的印象。我實在感謝，也實在歡迎那兩個以超越一切自命的日耳曼人飄流到我中國來分嘗點痛苦。

V把肥皂買回來了。妻照V所說的方法洗，洗了後掛在窗口的衣架上，等它乾了後再來檢看德國肥皂的功效。

好容易等到那件裌衣晒乾了，妻忙取下來看。不得了！打了肥皂的部分變成一塊塊的灰白色的大斑點了。

「你不怕害死人！那個肥皂哪裡中用呢！」妻在帶哭音的埋怨V。他看妻的瞳子，給一重清水罩住了。V忙安慰她並且答應她到了明年冬再縫好的——縫頂好的華絲葛的給她。V還對妻說過，到明年縱令沒有錢吊皮襖子給她，也要縫件面子比較好的棉襖子給她。但妻的要求是面子不必十分好，她只想縫件棉的旗袍暖和些。她又說，到了嚴冬下雪天，稍為過得去的人家裡的女人哪個不穿棉旗袍呢。V聽著快要流下淚來了。

「決定縫吧。明年冬你就縫件棉旗袍吧。」

# 十一

V一面走一面想，由汽車想起，一直聯想到去年冬和妻所訂的約。

——天氣冷到有點程度了，但是那個約還未實踐呢。九月杪天氣漸寒的時候，妻說笑般的提過一次。到後來看見今年的家計比前一年更窘，她就不再提了。

V走到一家鐘錶店前，知道快到午後的一點鐘了。他掛念著家裡的小孩子，他想，他們還沒有吃中飯吧。不，怕早飯都還沒有吃呢。

——不幸的家庭！因為自己的不幸，累了妻子了，他們所受的痛苦完全是為自己一個人受的，自己無能害了他們！自己反常常說他們累害了自己，這是什麼話呢？盡叫他們受罪是不行的！雖不能使他們享受滿足的物質的幸福；但要恢復和藹的家庭，使他們得到精神上的愉快。自己就委曲點也該早些回去看他們，安慰他們，快點回去向她說句把好話吧。快把那篇中篇小說譯好，換得百把塊錢稿費後，才可以使妻的自去年來的宿望——一件棉旗袍——得到滿足。小孩子們喜歡的餅乾也得買一兩磅。

V一面走，一面空想。他也不明白自己要到什麼地方去。他只漫無目的地走。陰暗的狹小的自己家裡的樓房再映在他的腦上來了。他又像聽見小孩子們的哭音。

V又回想到兩個月前妻病在床上的那一天的光景來了。妻不能起床，他哄著了兩個小孩子在廳堂裡玩，自己就到火廚裡去生火。燒炭巴的臺爐的火實在不容易生。他在紙屑籠裡拿了一大堆紙屑揑成一團塞進爐裡頭，再滴了點洋油進去，然後擦了一根洋火把它燃起來。V看見火起了，忙撿幾個炭巴加上去，再向臺爐下面用把蒲扇拚命的扇。炭巴還沒有燒著，紙團燒過了，火就息了，跟著一陣有洋油臭的黑煙佈滿了樓房。V看見失敗了，捲起袖筒走到紙屑籠面前，再抓出一大堆的廢紙來。小孩子們在廳堂裡不住地咳嗽，V看他倆小的眼眶裡滿貯著清淚了。

「你真不行！煙燻死人了。」妻也在房裡連連地咳嗽。聽她的口氣，眼淚也像給煙燻出來了。

好容易把火生好了，把米放進鍋子裡去煮了後V又要上街買菜了。

「你要快點回來喲。不要再瞻天望日地管人家的閒是非！小孩子餓了要哭的，你要趕緊回來！」

V出去後約過了半點多鐘回來時，只見T兒睡在母親的身旁，不見S兒。

「S兒呢？」V問妻。

「剛才兩兄妹哭肚子餓，叫爸爸。我給他們哭得傷心起來了。我想，假定你不要我們，我又病了的時候，小孩子們就這樣地哭吧。我聽著他們哭，愈想愈傷心，終給他們惹哭了。」妻的眼眶裡又滿貯著清淚了。

「瞎說！S兒呢？」

「楊奶奶在下頭聽見他們兄妹哭得慘，敵不住了才上來想帶他們下去，買點心他們吃。T兒不情願，走近床前來要我抱。S兒給楊奶奶抱下樓去了。」

——自己無能養不活妻子，妻子會跟別人跑的。V當時有無窮感慨。

——回家去吧，小孩子們在望著自己呢。他們在「啼飢」呢。只要自己下點氣，勸慰下老婆就百事可了。V決意回家去了。

——最好先見楊奶奶，楊奶奶看見我回來也定跟了上來做我倆間的和事佬。楊奶奶能幫忙總比自己一個人上去方便些。楊奶奶當我倆的面一定先向妻說：「V奶奶，現在V先生回來了，你也不必再生氣了。家庭裡要和和氣氣才好。」妻的眼皮很紅腫的低下頭去一聲不響，過一刻再滴眼淚了。這種情形是想像得到的。這時候楊奶奶再翻過來向自己說：「V先生，你們男人家不懂得女人家的苦處。女人有了小孩子更辛苦。偏偏V奶奶又福氣大，這麼年紀就抱了兩個小孩子了。家裡不僱用個人，單兩個小孩子的事已經夠她理了。你們男子總不會體諒女人。」到那時候自己的態度也只有微微地苦笑，不說什麼話吧。但是誰先開口呢？楊奶奶走了後怎麼樣呢？又假定要自己先開口時說什麼話好呢？頂好是T兒哭起來，自己便有話說了。「T兒哭了，還不過來抱她去！」這時候自己要把T兒先抱著。S兒呼肚子餓也是一個可利用的機會，自己便可以說，「小孩子們餓了，還不快把飯他們吃？」像這一類的話多說幾次，也不必急急地希望她即時有回答。但自己多說了，她定有什麼話說的。不向自己說，也定向小孩子們說。向小孩子們說即是向自己說了。

V回到自己住家後面的小巷子裡來了。巷裡沒有一個行人。巷口吹進來的寒風提醒他，今天出來少穿了衣服。他又聯想到小孩子們的寒衣還沒有縫。他想自己和妻不夠穿不要緊，小孩子們過年沒有一件新衣裳，太可憐了。

他在後門首徘徊了一會，不敢敲門。他傾著耳朵靜聽了一忽，自己樓上沒有一點聲息。

——他們吃過了中飯都睡著了吧。V不想進去了。他想到一個友人家裡去住一夜，明天再轉來。但他又有點捨不得，因為整天的沒有看見小孩子們了。

V待轉身，忽然看見門開了。楊奶奶的小婢蓮花端著一臉盆水向溝裡潑。

「V先生！」蓮花看見V了。V忙搖手止她不要叫，同時走近前去指著樓上低聲的問蓮花：

「他們好麼？」

「T睡了。S在坐著等吃飯。飯燒好了，V奶奶正在火廚裡弄菜。」

果然，因為後門開了，他聽見樓上的鍋底和鍋鏟相擊的音響了。V怕自己進去弄得妻不高興，破壞了他們母子間的和平。

「你不要告訴他們我回來過。我等一會再轉來。」V低聲的說。蓮花笑著點了點頭。

V想，自己走開了，妻子還幸福些呢。自己還是照從前的計劃做和尚去吧。從前有一個久住廬山的友人曾邀自己一路到五老峰下的H寺做和尚去。那時候自己還沒有結婚，不知世途的煩惱，輕輕地把那個友人之言一笑置之。V以為自己的前途完全是條薔薇之路。他實在沒有預料到有遍地荊棘的今日。

## 十二

陽曆十一月十八日恰好是陰曆十月十三日，月亮雖給灰色的一重薄雲遮住了，但在缺少燈光的橫街小巷裡還認得見月色。V想怕有十一點鐘了吧，自己還一個人在街路里踽踽獨行呢。

深夜裡的風攔頭吹來，特別寒冷。他只好鞠著腰向前走。他聽見過街的盲樂師拉出的胡琴音異常的淒楚，無端地發生了一種哀愁。

——自己忽然地會發生消極的自暴自棄的思想，其原因絕不是妻不好，實在是自己太無能了！自己不能和妻子離開，這是不能否定的事實。一離開妻子，自己便寂寞得難挨，自己的靈魂便失掉了宿地般的。但是同在一塊兒夫妻間又發生出許多不和。這不和的原因在哪裡呢？豈不是自己的無能麼？不能使妻子得到普通人類應有的物質生活，這就是夫妻間不和的原因！這個責任妻固不能負，只有自己負！但是，事實自己對社會已經盡了相當的義務了，自己在社會上的經濟地位還是這樣卑微；這個責任又歸誰負呢？！

今天下半天V在自己住家後門和蓮花別後就去找一個學校的同事，想打聽打聽給

## 冰河時代

新政府關閉了許久的學校要到什麼時候才有恢復的希望。

到了友人H的家裡，他和他的夫人、一個妹妹正在吃晚飯。H還沒有小孩子，但他們夫婦間像很和睦的。一班朋友說，H很怕老婆。V想，這或許是的確，他若不怕老婆，他家裡絕不會有這樣婦唱夫隨的和睦吧。

V就在H家裡胡亂地吃一兩碗飯，V便向H提出學校的事來談。H夫人像有點不情願，她向她的丈夫說：

「我們要快點出門，怕他們等我們呢。」同時她臉上表示出一種討厭V在她丈夫前囉蘇不休的表情。

V自一早出來只一天的不自由的生活已經叫他十二分的難受了。現在看見H夫人的態度，便感一種淒楚，思念起妻來了。他在家裡，妻看見他要起床了，忙把衣服送到床邊來替他加上，隨即又把洗臉水嗽口水準備好。看見他要出來吃飯了，便忙把菜端出來，把飯盛好等他。看見他飯快要吃完了，又茶前水後的伺候得好好。V常常想，女人家何以為她的丈夫兒女這樣地盡力，這樣的耐煩挨苦呢？由今早出來，在外頭一天的生活，V不單覺得不如意，並且還感到痛苦。

「還早呢。吃了飯休息一會再走吧。」H笑著婉求他的夫人。

「快到六點鐘了，開了幕才去沒有意思。」H夫人努著嘴撒嬌的說。V看見她的那樣態度，十分討厭。V想，自己的妻到底不錯，比幾個朋友的夫人都還強些。她真是個家庭的主婦，真是個賢妻良母式的女人。他們要罵自己有封建思想就盡他們罵吧。自己還是喜歡賢妻良母式的女人。妻常常悼嘆自己可憐，自來大都市的H市快滿三年了，V不單沒有帶她到哪個戲院哪個遊藝場去過一趟，就連學校或青年會裡非正式營業的遊藝會也沒有帶她去參加過一回。V近來聽見一個參加革命的友人說，凡是人，不論他是怎麼樣的人都有點革命性，不過有強弱不同罷了。V想，妻今天早晨的態度大概是她的革命性的表現吧，不然平日情願伏處在自己腳底下過生活的妻何以會有這種態度呢？V愈想愈擔心，他怕妻傚法娜拉革起命來，棄了丈夫棄了兒子，那就不得了了。自己還是趕快回去和妻妥協了算了。V更擔心的是，妻若聽了作婦人運動的人的挑唆，走到婦女協會去把自己一控，加上一個虐待婦女的罪名，那就糟了！頂少，要戴著高帽子遊街呢。但V深信妻無論如何對自己懷恨，但她還是個人，絕不會這樣忍心害理，不顧兒女，侮辱丈夫吧。總之自己還是趕快回去安慰她，說幾句好話算了。就長了她點把威風也不算得什麼，免得婦女協會聽見了來干涉，到我們家裡來吵。V想，婦女協會裡的女人大概是沒有組織圓滿家庭的女人，所以有這些閒心緒去管人家裡的事。組織了圓滿的家庭，得到了理想的丈夫，誰情願出來管這些閒事呢。你看好幾個革命偉人們的太太不都是在家裡做賢妻，做良母麼？

「你們有事，請便。我也要回家去了。」V說了後又覺著自己在說謊，禁不住雙頰發熱。

「一路去吧。今晚上總部在××俱樂部開遊藝會，有跳舞有新劇。她也分擔了一個獨唱。你也和我們一路去吧，我還有一張入場券。她有徽章，不要入場券可以進去。」H挽著V的臂膀不放他走。

「你還不快點換衣裳去？」H再笑著向他的夫人說。

不一會H夫人和H的妹妹都穿著一身一時流行的靚裝出來了。V也看不出是什麼材料縫的。總之是V從來沒有見過的靚裝。他想就叫自己的妻來看也說不出個名堂來吧。怪不得妻不願意出來——尤不願意和自己一路出來，——她是怕碰著這一類的女人吧。

H夫人和H的妹妹在前頭走，V和H落在後頭。不一刻走到大馬路口來了。四個人都停了步。H在躊躇著，不知叫什麼種類的車子好。馬車？東洋車？抑或索性叫汽車？

「我們叫輛汽車去快些。我前天到××俱樂部都是坐汽車去的。回來的時候，他們也用汽車送我回來。」H夫人在擔心V不知道她坐過汽車，盡在大馬路側站著向V宣傳她是慣坐汽車的。H唯有向V苦笑。

H的經濟狀態雖比V松和些，但V不相信H能夠為這一點點路程花四五元的汽車費。四個人站了一會，一輛黑髒不堪的露頂馬車在他們前走過去。H忙叫坐在車前的老車伕，講了一會價，到後來他答應要一吊錢送他們到××俱樂部去。

V坐在馬車裡後，覺得這輛馬車有點像去年冬同妻子坐著到照相館去的。

獨唱也好，跳舞也好，V沒有心緒看也沒有心緒聽。到了第四場有兩個女學生出來演唱林中仙。V聽得出神了。他並不是因為那兩個女學生唱演得好而聽得出神，他由林中仙又聯想到妻了。

妻未和他結婚之前也是個很活潑的愛出風頭的女學生。妻演唱林中仙，V也曾聽過，不見得比那兩個女學生壞，即就歲數說，也比那兩個女學生年輕。但由自己的直覺，妻像很老醜的趕不上那兩個女學生活潑玲瓏得可愛。V想不出這個道理來。

——妻的青春犧牲了！但是為誰呢？妻是聖者！妻是天人！將來永住天堂的就是她一類的人物——為多數人犧牲自己的人類！自己不該再講意氣執拗著不回去！自己該快點回去跪在她的裙下吻她的足！V的眼淚忽然地掉下來了，幸得左右前後的觀客都在熱中於看新劇，沒有一個注意他揩眼淚的。

V把眼淚揩乾了，望望劇臺上的掛鐘也響過了十點鐘了。他忙向H告辭，說要先回去。V看H有點不高興，因為V沒有等到他的夫人的獨唱出場就先走了。

「夜深了，怕妻子們望我擔心！要早點回去！」

由××俱樂部回V的家裡，若不走路就要坐價錢很高的街車。V身上沒有錢了，只好慢慢的走路。

街路上的朦朧的月色和拂面的冷風更使V增加了不少的傷感。但他終回到家的後門面前來了。他站在門前躊躇了一會，但決意敲門了。

「蓮花，勞你開開門。」V聽見妻在裡面叫在打瞌睡的蓮花。

——妻還沒有睡，在等著自己呢。自己今夜裡若不回來，她大概徹夜地不睡吧。

V愈覺得對不住妻。

蓮花開了門，V摸著黑暗裡的扶梯往樓上來。忽然地一道電燈光射下來，他看見一段段的扶梯了。走上到廚房門首，他看見妻蓬著頭，雙眼紅腫的站在電燈光的下面。V覺得妻的這種姿態極可愛。但只一會她一聲不響的又回房裡去了。

V覺得人生總是虛偽的。不消說誰都不會否認做官的人帶兵的人是虛偽。其次在教會講壇上板著正經臉孔的牧師的態度是虛偽的。在教室裡熱心地高唱科學萬能的大學教授的態度也是虛偽的。在廣場裡的演壇上發出一種Sentimental的音調去講演的政治工作人員的態度是虛偽的。在各報章上大做特做文章的名人的態度也是虛偽的。中國人的沉痾就是虛偽。虛偽的態度不除，國勢無由恢復，社會也無由改造。即就自己夫妻間彼此也在互用虛偽的態度。妻在熱望著自己回來，這是敢斷言的。但自己回來了，妻就該和平時一樣的表示出笑容來向自己說幾句話。但她挾著今早上的氣，還向丈夫表示一種不由衷的虛偽的態度。自己也和妻一樣的虛偽。在回來的途中不是這樣的想麼？一看見妻就摟抱她，向她認錯，再說些好話，末了和她親吻。復為夫婦如初！但是現在看見了她了，何以還假正經地板著臉孔向她呢？V再細想一回，原因完全是因為「有氣」。人類因為「有氣」就各不相下了；因為「有氣」就顛倒是非了，因為「有氣」就不惜作偽為非了。怪不得中國十幾年來內亂不息！也怪不得自己的小家庭裡四五年來風波不息！V真有點不能相信自己是人類。人類果真是這樣不講理的虛偽的自私自利的東西麼？

「小孩子們呢？」V跟著妻進到房裡來後只好先試問她一句。

「都睡著了。」妻看見丈夫先開口了，也很平和的答應。

V想，彼此都在希望快點恢複目前的平和狀態呢，還作這種虛偽的態度做什麼。

V忙走到妻的身邊伸出左臂來攬住了妻的肩膀。妻微微地掙扎了一會，他倆終親吻了。但她再開始流眼淚了。

「好了，好了！算了！莫哭了！你的心我明白了。莫再哭了。」V自己也含著眼淚像哄小孩子般的替妻揩淚。

「我不是時常和你說麼？我只希望……」妻的肩膀越抽動得厲害，話說不下去了。

「……我明白了！你的心我明白了！莫哭了，哭得人傷心。」V只能這樣地安慰妻。

「……希望小孩子們長大了，身體平安，可以進小學校時……」妻還是很悲楚的在忍著哭音怕樓下的同居者聽見，話沒有說下去。

「好了，不要哭了！我知道了。」

「到那時候，我就帶小孩子們回鄉里去。誰情願出來受罪！誰情願在你面前累你呢！……」妻還不住地嗚咽。

「莫哭了，我明白了！」V也很淒楚的滴了幾滴眼淚。

「現在小孩子還小，夜裡夢中都在叫爸爸！你們……」妻說到這裡竟痛哭起來了。

「……」V只陪著流淚。

「……離開了你，萬一有什麼病痛，我一個女人有什麼主意！這個責任我真擔不起！」妻還繼續著流淚。

「……」V抬起頭來望窗前的電燈，光的強度像減了些，周圍給一個黃赤色的暈輪包裹著。

「他們長大了後，要不到父親看護的時候，我就帶他們回鄉里去，不再累你，讓你一個人好做你自己喜歡的工夫……」

「不要說了，我明白了。」V雙手拍著妻的肩膀，雙手揩自己的眼淚。

他和妻再親吻——長久的甜蜜蜜的親吻。妻還告訴他，S兒和T兒臨睡時還問爸爸哪裡去了呢。妻說，爸爸出街買好玩的東西去了，明天起來就看得見爸爸。S兒大些，很聽話的睡下去了。只有T兒等爸爸不回來，拚命地痛哭著叫「爸爸這裡來！爸爸這裡來！」

妻說到這裡，又流淚了。V忙換過話題。

「今天我出去後沒有朋友來找我麼？沒有信件來麼？」

「呃！我忘了。×××部來了一封委任狀，請你去當什麼編譯員。」妻一面說，一面打開抽斗撿出一封委任狀來給V。V抽出裡面的一張粗劣不堪的方紙來一看。上面寫著幾個字：「委V××為××編譯員，月支小洋一百元。」

「你去不去呢？」妻站在他旁邊問。

V痴望著妻，一時說不出話來。他懷疑妻今晚上態度變化之速，其原因恐怕是在這張委任狀！

# 兵荒

# 兵荒

## 一

因為生活問題，近一星期來V不能不加緊他的翻譯工作，再次失業的V的一家生活唯有指望此項工作的報酬費了。

此項工作是一位同學介紹給他的，因為是屬自己的專門學科，並且其中材料多半是從前引用過來教授學生的，所以翻譯時倒不覺十分困難。

過於熱中從事翻譯了，對於外面時事近一星期來差不多可以說是不聞不問。他一連五六天都在家裡伏案工作沒有出去。他並沒有預料到W城的時局變得這樣快。

V早想到上海去過他的清苦的生活，專門從事創作。他寫信去問了上海的友人，友人也竭力贊成他辭掉枯燥無味的大學教授早日離開W城。

話雖然容易說，但一想到往後一家的生活費，他就不免有點躊躇。他深恐繁華的上海城不易居。但他對上海又有一種憧憬，他深信在上海生活定能夠使他的藝術生一種變革。

「真的要到上海去？在這W城裡都不容易搬家，何況搬到上海去呢！搬一回家多少要受一回的損失。並且此刻我也不方便走。」妻聽見他說要赴上海時就先表示反對。

「始終有一回要到上海去的，早日去不好麼？」

「上海的房租錢怕比這裡貴得多吧，你住得起？」妻的長吁短嘆差不多成為習慣了。

「那麼，你想一輩子住在W城麼？」

「等到明春，由汕頭到家的路途平靜了時，你真的送我們回鄉里去吧。」妻再嘆口氣。

「你終日長吁短嘆，嘆得什麼好處出來麼？」V雖然苦笑著說，但看見妻的枯澀的態度也確有幾分厭意。

「你這個人只顧目前！死後有沒有棺材你是不管的！誰能夠像你這樣地快活！」

「在W城又沒事可做了，還不走做什麼？」V像無意識地說了這一句。

「不說別的話，你試數數看，快夠月數了呢。」

「由這裡到上海要不到一星期，不見得一星期內就會輕下來吧。」

妻在冷笑。

「但是等到找定了房子，安定地住下去後就不止一星期了。如果必需的物事還沒有準備時，那不苦人麼？」

S兒坐在一把矮竹椅上，呆呆地聽了一會父母的話後，突如其來問了一句：

「爸爸不在學校裡教書賺錢錢，到上海去也有飯飯吃麼？」

從小受了窮的鍛鍊，變成異常Sensitive的S兒今年只四歲半，但對父親的勞苦的生活沒有一點不了解。他雖然在笑著說，但V的眼淚已經被他這一句湧到眼眶裡來了。

「沒飯吃，到上海做叫化子去。」他的母親笑著對他說。

「不——S不做叫化子！」

「等一下妹妹又拿棍子來打媽媽了喲！」給V寵壞了的快滿三週年的T兒在歪著頭，扺著嘴罵她的母親。她每聽見父母說她的壞話或對父母表示不滿時就用這一句威嚇的話，幾成為她的習慣了。現在她是不願意聽父母說他們兄妹做叫化子。她原本坐在床沿上的，說了後就嚷著要穿鞋子下來。

「要做的時候還由得你們不做麼！」妻又在嘆氣了。妻的意思是自己的兒女和他家的比較，不論吃的穿的都壞些，常說對不住兒女。但V卻常罵她，只朝上比較，不朝下比較。他還常常叫她去看附近的貧民窟呢。

V聽著妻子們說話，望了望壁曆：十一月十日了。他想後天是孫總理的誕辰呢，W城裡又該有一番的鬧熱吧。

「早點吃中飯吧。吃了飯我到F先生家裡去看看，問他什麼時候能動身到上海，他的一家是要到上海去的。來得及時，和他們一路走也好。」V向妻說了後，妻往廚房裡去了。

「爸爸抱！爸爸抱！」T兒伸出一雙手來要V抱她。嬌養慣了的T兒時常要父母陪著她，媽媽不在時定找爸爸的。

V才把T兒抱上，老僕人吳送了一封信進來。

「老爺，學校裡有封信來。說是重要的一封信，請在這收發簿子上簽個收字。」吳是同住友人陳君的老僕，今年七十二歲了，每日坐在大門內看守門戶。V住的兩間房子是向陳家分租來的。

V拆開那封信一看，知道是教授會定當天下午在第一院開會討論維持校務的辦法。V想當局已經對學校聲明不能再負經費的責任了，又鬧了這麼一個大風潮，校長

L也跑了，教授有什麼能力，能夠討論得出什麼結果來。V當時想不出席，但過了一會又想在家裡伏處了幾天沒有出去，今天下午出去走動走動也好；F也定出席的，不必到他家裡去了，就到會場上去碰他吧。

V哄著T兒叫她坐在一張籐椅子上，S兒還坐在矮竹椅上玩六面畫。

「爸爸，把貓翻過來就是狗啊！」S兒在撈著嘴歡呼他的破天荒發見。

「哪裡？給我看！」T兒忙由籐椅跳下來！走近她哥哥旁邊，伸出手來抓了幾顆六面畫。

「討厭的T兒！又把我的狗狗攪亂了！」S帶哭音的說，一面和T兒爭。弄得T兒又哭了。經V苦心地調解了一會。兩兄妹才平復下去。不一刻，他們的母親也端了飯菜出來了，他們才跑出堂屋裡去。

他們小兄妹出去後，V在整疊他的譯稿。原本的「岩與礦」只剩七八頁了，且這七八頁裡面還有許多插圖，真的要譯的文字實在沒有好多了。V想明天總可以把它譯完吧。

## 二

由V的家到大學第一院本有不少的路，平時他是坐洋車到學校去的，近一個月來，因為生活困難，他只好安步以當車了。

教授會是定午後一時開的，但等到二時半還不足法定人數。一直等到三點鐘才湊足二十個人，夠三分之二了，於是大眾要求主席宣布開會。

二十個書呆子圍著一張長臺站了起來，主席把總理遺囑背念了後，大眾再臉色蒼白地坐下去張開口痴望著主席報告，V坐在長臺的一隅，在猜想他們臉色蒼白的原因。V曾聽過一個學生的報告，前星期風潮起時，一位數學教授的額皮給學生用茶杯打傷了，流了好些血。V想他們的臉色蒼白大概是怕挨學生的打吧。

——不對，不對！他們怕挨打，就不出席了。他們臉色蒼白恐怕完全是因為生活問題不得解決吧。

V旁聽了一會，才知道時局緊張起來了。綜合他們的議論看來，快則今夜，遲則明天，W城的治安怕就要有點危險。

「那麼，我們明天全體向當局索薪去。」討論到經濟問題時，一位熱心教授站起來主張到財政當局家裡去坐索。

「不行，不行，現在軍事吃緊的時候，他們管不到教育。莫去惹他們笑我們是書呆子。且挨過這兩天看看時局再算。」又有一位教授起來反對索薪。

V也是不贊成索薪的一個。他旁聽了大半天把頭腦聽得暈痛起來了。天色漸漸地暗下來了。他只望主席快點宣布散會，好回家去。果然主席站了起來，V當他是宣布散會了。誰都沒有預料到在這黃昏時分還有兩三個學生代表來向教授會作長篇的報告。學生代表共三個，二男一女，V就注意那個女學生，覺得她的姿態很不錯，因是不轉睛地飽看了一會，覺得愈看愈好。當這瞬間他便聯想到家裡的病弱的妻，心裡異常地不快。V胡思亂想了一會，覺得自己到底還有點封建思想，因為這種封建思想，阻害了自己的很自然的情戀的活動不少。

兩個男的學生代表的報告完全了。V覺得學生代表的議論也和教授們一樣的迂腐，他也聽得腦殼快要脹裂般的痛得厲害。他還在希望能夠聽那女的學生代表的報告，但終於失望了。V覺得近代的女性還不能說是完全解放了的，她們還是和從前一樣地信賴男性，一切執行權還是讓給男性，這絕不是根本解放女性的表現。

V看見那位女學生有幾分可愛，很想聽聽她的說話。現在他失望了。又看見外面天氣愈黑了，他便站了起來走到衣架前把自己的舊黑的氈帽取下，輕輕地偷出會場外來了。他站在會場門首的扶欄前，向空中行了一個深深的呼吸，但腦殼還是一樣的沉痛。他懶懶地踱下樓來。

——像我這樣深的腦病，不久就患腦溢血症而死吧。你還發什麼迷夢！單就你的服裝而論就不能引女性對你發生戀愛！進行戀愛時，衣服的漂亮還是第一個條件呢。你看哪一個女學生不喜歡漂亮的裝束呢？

V昏沉沉地無意識地走出校門首來了。他想這回的車子錢不能省了。自己像大病要來臨了般的。他和一個車伕議了一會車價，才坐一架洋車回到家裡來。

沿途他看見街路上擠了不少的傷兵，也看見許多軍官家眷搬行李出城，有好多間店都早把店門關上了。街路上的秩序很混亂。V不免驚慌起來。

——糟了，糟了。時局真的變了！這不是像去年革命軍將要到時一樣的情形麼？再圍一次城時，我們一家就非活活地餓死不可了！現在只望今晚上平平安安地不發生什麼變故，明天送他們母子過江到法帝國主義的租界裡一個朋友家裡躲幾天吧。

V後悔不該拒絕了一個學生的勸告。這位學生姓H，在特別區辦事。前三四天H到V家裡來，告訴他，W城的時局不久就要發生變化，怕住在W城危險，勸V一家搬到日本租界上去，並且有現成的房子，即H的友人住的房子樓上空著。

「托庇於日本帝國主義之下麼？」V苦笑著說。他想，住法租界還可以麻胡一點，住日本租界就有點難堪了。因為V前在某部裡做編譯工作時認識了幾個日本記者，他們都住在日本租界裡，V從前對他們講了好些大話，吹了好些牛皮。此刻若躲到日本租界上去，遇見他們時，那就太醜了。這是他不情願住日本租界的最大理由。

——生命要緊，財產沒有什麼，幾箱書籍，幾件破舊的衣服讓他們搶了去也算了。但是那一百塊的銀洋怎麼樣處置呢？那是這個月一家生活費，被搶了去時，翻譯工作又還沒有成功，那非餓不可了。革命軍是不會傷人的。洋錢呢，就難保他們不要！V在車子上想來想去，結局還是這一百元現洋的保藏問題。V想早該花二十五元去分租日本租界的房樓，可以保存七十餘元，也可以保存幾件衣服，至少，小孩子們的衣服是該保存的。

V又想法國租界的同鄉家裡本來也可以去躲幾天，不過去年政變時V曾向他商談過，被拒絕了，所以不好意思去再說；並且他們家裡的人多，寄住在他那邊終是不方便；但到萬不得已時也只好送家小到法租界去。

天氣愈黑了，電燈還沒有亮。寒風一陣陣地由江面吹進街路里來，跟著就揚一陣塵灰。江面上的大小汽船的汽笛不住地嗚嗚地悲號。V想，大概是運傷兵回來的吧。

V回到家門首了。他看見老吳跟著一個挑炭的由街巷的那一頭進來。

「老爺回來了麼？太太叫我去買炭呢。炭長了價，昨天賣一元一角的，今天要一元三角了。」

「好的，好的。」V像沒有聽見老吳的話，急急地向裡面走。因為他看見街路里的無秩序的傷兵愈來愈多了，心裡十二分的害怕。

V走進堂屋裡，看見黑昧昧地沒有聲息。他待要進房裡去，忽然聽見S兒的悲楚的聲音：

「爸爸！」

V忙翻過頭來，看見S兒蜷臥在屋隅的一把籐椅子上。

「你怎麼一個人睡在這裡？媽媽呢？」

# 兵荒

「媽媽燒飯去了。我不舒服，想睡覺。」S兒說了後又把眼睛閉上。

「要睡到後房裡去，這裡有風。」V忙把S兒抱起來。看他的嘴唇枯燥，裂了一二條縫，還有點血痕。

V抱著S兒回到房來時，電燈已經亮了，他看見T兒早睡下去了。V把S兒剛才的情形告訴妻，妻才說S兒兩天不通便了。

「時局這樣的不好，小孩子們再發病，真不得了。」妻還是依她的老習慣在嘆氣。據往日的經驗，小孩子們不通便時就要買水果給他們吃，V忙叫了老吳來，V還沒有吩咐他上街去買水果，他先開了口。

「下頭怕是停了戰了，昨天前天開往下游的兵都回來了。此刻滿街都是兵了。不曉得什麼一回事，他們說怕時局不很平靜，什麼事物都漲了價，米，炭，洋油。老爺，怕明後天買不到食物，要準備點才妥當。像去年關起城來，那就不得了。」

「米，炭，油都買了。你只去叫挑水的多挑幾擔水來準備著。」V高聲地向老吳說。

「是的，我去叫挑米的來。」老吳拈著他的頷鬚連連點首。V的小表弟J站在旁咕蘇咕蘇地暗笑。

「小孩子不懂事，這有什麼好笑呢？」老吳怒視著J。

「不是叫挑米的叫挑水的！」V再向老吳高聲地喊。

「老爺說什麼事啊？」老吳歪了一歪頭，把左耳傾向著V。J笑出聲來了。

「叫挑水的多挑幾擔水來！」

「啊！那是的！當然要叫他挑來。」老吳話還沒有說完就想轉身走了。

「老吳，不忙，叫了挑水的，你去替我買一個柚子回來。」V再高聲地說。

「買油什麼油？洋油還是麻油？」

J又開始笑了。

「有什麼好笑！」老吳再叱J。

「買水果的柚子！不是油！」V再高聲地說。睡在床裡的T兒給他們鬧醒了。

「文旦，是不是？」

V點了點頭，把錢交給了老吳後走近床前來抱T兒了。

三

吃過了晚飯。S兒和T兒都洗過了臉腳，上床上去玩六面畫了。S兒好像患腸加答兒，不很高興，和他的妹妹玩了一會就說要睡。他的母親就替他解除了衣服，讓他枕在一個薄棉枕上臥下去了。

「今晚上怕有點危險。比較值錢的衣裳裝進一個箱子裡，藏到樓上去吧。」V叫妻清理行李。

「是的，陳太太的幾隻皮箱都抬上樓去了。那百多塊洋錢怎麼樣呢？也一起的放進箱裡藏到樓上去麼？」妻問V。

「現洋恐怕不妥當吧。要另外想法子藏起。」V低聲地說，因為隔壁就是雇的媽子的臥室。

「那藏到什麼地方去呢？」妻蹙著眉端說。

「低聲些，怕給人聽見了。」V說了後沉思了一忽，「埋進院子裡的大樹頭下去不好麼？那邊本來堆著許多枯葉的，埋好了後就用枯葉遮蓋在上面，一定看不出來的。」

「不妥，老吳在前頭住，J又是多嘴的，也隔我們房間遠了，照顧不到，怕有失……。」

S兒望著父母在低聲地商談，也像有點知道，在枕上不住地呻吟。

「S，你知道爸和媽商量什麼事麼？媽媽明天帶你到江邊看馬車，汽車喲。」S頂喜歡馬車，汽車，時常要求V帶他坐馬車汽車去。他的母親怕他害怕，忙這樣的安慰他。

「妹妹也要去！」T兒聽見過江去，禁不住歡呼起來。

「是不是到富貴館去，爸爸？」S問他的父親。去年因為兵亂，V曾帶他們母子到租界上的旅館住了幾天。這個印象大約是在S兒的腦裡還很深刻。V禁不住回想起去年正當S兒病後逃難的慘狀來了。

「為什麼要到富貴館去呢？」他的母親笑著問他。「不到富貴館去！過江去玩的。」母親再哄著他。

「不是的！我曉得！走兵荒呢！」S兒說了後不再望他的父母，他只仰視著帳頂，像在微微地嘆氣，又像在忍吞他的涎沫。這麼小的年紀總是這樣Sensitive的。V忙湊近他的枕畔去安慰他。

「S，不要害怕，爸爸在這裡。」

「兵兵要進來搶錢錢怎麼樣呢？爸爸又打不贏他！」S兒帶哭音的說。

「東西都藏起來，兵兵進來也找不著，不會搶了去。你乖乖地睡吧。睡到天亮就沒有事了。」此刻他的母親走過來哄他睡。

「妹妹不怕兵兵。兵兵來了，拿棍棍來打死他。是不是，媽媽？」T兒到底歲數小些，不知道兵的厲害。

「是的，是的。妹妹也早點睡，」母親笑著答應她。

約過了一個鐘頭，妻把比較必要的衣服檢清楚了。一口大皮箱裡裝的V的一件舊皮袍子，妻的一件華絲葛棉襖，一件絨氈，小孩們的兩件棉長襖和幾件絨衣。這幾件衣服早把一口皮箱裝滿了。

「你的一件外套怎麼樣？又放不下去了。雖然不值什麼錢，但丟了又可惜。後來要新置一件就花錢了。」

「算了，算了。總得留些東西給他們搶。他們進來了時，若空空如也搶不到什麼東西，就會曉得都把它藏起來了，會更吃虧也說不定。」

「……」妻愁容滿面，無意識地點了點頭。

「時候不早了，鎖起來叫他們送到火廚樓上去吧。」

「這裡還有點空，我那條裙和小孩子們現在穿不著的鞋襪索性裝進去吧。丟了可惜！」妻苦笑著說了後又嘆了口氣，又像有幾分不好意思。

老吳和 J 把皮箱送上後樓去了，S 兒和 T 兒也先後睡下去了。V 和妻只等隔壁房裡的章媽睡了後就好處置現銀了。

看看時表，快響十二點了。

「章媽！」妻試叫叫隔壁裡的婆媽，看她睡了沒有。

隔壁房裡沒有什麼聲息。

「大概睡了吧，十二點鐘了，還不睡！」

「這個東西藏到什麼地方去呢？」妻箍著左手的食指和拇指問他。

「還不是院子裡的大樹頭下穩當些。」

「我看，還是就埋在這窗前天井裡去吧。院子裡隔遠了，照顧不來。給他們知道了挖了去就糟了。」

「這天井裡的磚頭挖得動麼？」V低聲地問。

「松得很，用挖鋤或火鉗都掀得起來。」

「你試過了麼？」

「……」妻點了點頭。

V這時候暗暗地佩服妻的聰明和細心。

「那麼，就快點動手。」

「等我到火廚裡去拿炭鋤和火鉗來。」妻輕步地摸著門牆走進廚房裡去了。

不一會，她隻手拿一把挖鋤，隻手提一把火鉗回到房裡來。她把這些傢伙放下一邊後，從衣櫥裡取出幾個小紙包和一個小布包來。

「這包只有二十元，合共一百二十元。」

「還有一百二十元！」據V的約略計算，存款只有百元左右。現在聽妻說還有一百二十元，真是喜出望外。

「這一包是什麼？」V問妻。

「小孩子的頸鏈和我的兩個……」妻說著伸出指頭給V看，妻的指上的金指環已經不見了。

V提著挖鋤和火鉗先走出，妻點著一根蠟燭跟了來。V蹲在天井裡，妻擎著蠟燭站在一邊望他挖土。費了點多鐘工夫，才在兩塊滿生了青苔的磚下挖開了一個六七寸的空穴。他把幾包金和銀堆進這空穴裡去，把碎石和泥土敷上，然後再把那兩塊磚頭照原來的位置蓋上去。妻又去取了一個糞斗和一把筱帚過來，把多出來的碎石和泥土掃得乾乾淨淨。「真好，看不出一點痕跡來。」妻一面掃一面誇讚自己的工作。

「不見得吧。磚縫裡的泥巴總有點不一樣。」

「那完全是心理作用。再灑些水去看怎麼樣。灑些水去後怕更不容易看出來。」

「讓我撒一泡尿去不好麼？」V端著糞斗笑向妻說。

「啐！還不把那些泥巴快送到院子裡去？不早了，洗乾淨了手腳好歇息去了。」

妻忍著笑回答他。

V由院子走進來時，妻還在洗挖鋤和火鉗柄上的泥巴。

「為什麼？」

「不洗乾淨，他們會知道的。」

他倆把一切收拾好了後才一同洗手。V的腳跟上也塗了好些泥巴，妻再倒了些熱水給他洗腳。

「章媽！」妻再試叫了叫睡在隔壁房裡的媽子，但還是不見回答。妻的臉上現出一種安心的顏色。

「黑夜裡看不清楚，明天一早他們還沒有起床時就要先起來看有沒有痕跡。磚面的泥土也怕有沒有掃乾淨的。」V再叫妻注意。

「不要緊吧，我們整天的守著怕什麼。只求兵來搶時，找不著就好了。」

「媽子們不會引流氓地痞進來搶麼？」

「那怎麼了！」妻著急起來了。

「算了喲！過了這一夜，明天再看情形吧。今夜大概可以平安過去了。已經過了一點鐘了，還沒有聽見槍聲呢。」說了後打了一個呵欠。妻在什麼時候才睡著，他不曉得了。

## 四

天還沒有亮，V就醒來了。他並不是為埋在天井裡的洋錢擔心，實在是為時局擔心。他深恐時局變化得激烈，W城的秩序不能維持時，妻子們要受驚恐，受痛苦。並且S兒又有點不好。妻說，S兒的掌心和膝部微微地發熱。他想，體溫再增高時，想逃過江去避難了。

V正在翻來覆去思索，忽然聽見窗外有人的足音，他忙揭開帳門，視線透過玻璃窗扉望了一望；他駭了一跳，他發見了章媽站在窗前的檐階上痴望著天井裡。

——糟了，糟了！我們的祕密給她曉得了。今夜裡我們睡著了後她走來挖了去怎麼樣呢！他知道這個祕密工作完全失敗了。他咳了咳。章媽聽見他醒來了，兩只小足抬著她的胖體飛跑向裡面去了。

妻聽見V起來了也跟著起來，這時候天已經大亮了。他便把剛才所發見的告訴妻子後就出來檢視昨夜裡做的祕密工作。果然，他看見還有好些泥土沒有掃乾淨；他想，一場辛苦完全失敗了。

「丟醜也算了，還是托庇法帝國主義的穩當些」，決意送到巴黎街L先生的家裡吧，」V向妻說。

「做中國的小百姓真冤枉可憐！」

V決意把昨夜埋進去的東西再取出來寄放到法租界的同鄉L家裡去。他忙叫了J來，幫著把五包現洋，一包金器挖了出來。

吃過了早餐，恰好F來了。他也提著一包洋錢，說要送到日本租界的友人家裡去。V更決心過江到法國租界去。

V和F坐在一隻小筏子上，到江心裡來了。寒風從東北吹來，黃色的濁流迎風擊起滿江面的蜷波，艇身不時向一邊傾動，V有點害怕。

幾隻大洋船由下面駛上來，滿載著穿灰衣軍服的兵士。汽笛嗚嗚地此呼彼應。太陽隱進灰白色的一重密雲裡去了，回頭望望蒼灰色的W城全給一種哀愁暗澹的氛圍氣封鎖著。

不時聽見槍聲，V望見沿江岸密佈著的兵士，心裡著實擔憂。

——萬一今天不得回W城，妻子困在城裡時怎麼樣好呢？V很失悔不該為這幾塊錢在這樣緊急的時候離開妻子。

「W城這次怕難倖免了。要被搶兩次，退去的光顧一次，進來的光顧一次，這是有定規的。」F笑著和V說。

「進來的要受人民的歡迎，哪裡還會搶的！」

「你看嗎！」F鼻笑了一響不再說了。

「我們都是參加過革命工作的人，現在又挾款到帝國主義的租界上去，以後給人家曉得了，真難為情。」W苦笑著說。

「言行不一致的不僅我們啊！追隨總理數十年的革命領袖——我們對他希望很大的X先生都是前話不對後話的不能始終一貫！我們小人物還怕什麼！以後朋友們曉得了要笑我們時，我們只說以後不再幹就好了，『勇於改過』就好了。」F說了後哈哈地大笑。

「真的，整個的三民主義不知給他們革命領袖，革命軍人解釋成什麼主義了。他們把民族主義解釋成部落主義，把民權主義解釋成軍國主義，把民生主義解釋成……這倒難找一個適當的主義來形容。」F淺笑著凝想了一忽，「是的，它們把它解釋成長江輪船主義了。」F說了後又哈哈大笑。

「何解呢？」V笑著問。

「本來不十分確切，不過形容其階級差別的成見太深罷了。特等有特等的待遇，官艙有官艙的待遇，房艙統艙又有房艙統艙的待遇。」

「我還不十分懂你的意思。」

「他們革命領袖和軍人們以為只有他們該享最優的物質生活，餘剩的洋錢都一大批一大批地送到租界上帝國主義的銀行裡去。有些怕人說的就送到國家——如倫敦，紐約——的帝國主義銀行裡去，其實他們一輩子用不到這些錢，只送給帝國主義者作資本，加緊它的經濟侵略罷了。」說了後還舉了幾個實例給V聽。

「我覺得沒有一點稀奇，這是很平常的事。你才從國外回來，所以有這種書呆子的論調。其實他們總比軍閥好些。他們總算有所主張——有革命的主張的。」

「是的，他們是有所主張的，他們說要把人民的生活改良，他的理想——或許說是夢想——是使沒有飯吃的人吃一碗稀飯，原吃一碗稀飯的人改吃一碗乾飯，原吃一碗乾飯的人加吃半碗乾飯。但夢想終於是個夢想。只有他們住洋房子娶姨太太的理想倒實現了。」

「革命軍人的勇敢倒可使人佩服，不過革命領袖太無聊了，終日跟在軍人的屁股後頭跑。在這邊創設一個會，過了兩天不負責任了；跑到那邊又提倡一個會，到後來又對人說他不贊成了。結局對雙方失信！你看多無聊？現在又要去跟第三個軍人的屁股了。這樣亂糟糟的局面，其咎不在軍人，完全是由這種騙子式的政客挑唆出來的。他叫我們信仰他的青年站在這一邊，但他老人家卻滾到那一邊去了。我們青年希望他指示革命途徑的結果只有徬徨，找不到出路了。」V嘆了嘆氣。

「這樣的『勇於改過』畢竟是『無恥』！」F也跟著嘆了嘆氣。

小划子蕩近碼頭邊來了。

# 五

V由漢口回來，看見W城的形勢更加緊急了。回到家裡看見兩個學生在等著他，力勸他的夫人要帶小孩子們到租界上去躲一躲，免得坐困在城裡受驚恐。V原來也想帶她們過江去的，因為妻有身孕了，S兒和T兒還要人抱著走。兼之有幾件小行李不能不隨身帶去；V一個人實在招呼不來。他只和F約到了緊急的時候就到F家裡去躲一二天；再緊急時就進外國人的病院。因為F住的T街是沒有逃路的，靠城的東北角的一條小街道，潰兵絕不會跑到那邊去。T街附近就有教堂，也有外國人的病院。

現在這兩個學生來了，V很感激他們的熱情；於是變更了計劃，決意和他們護送家小到租界上去。租界終比中國街道安全。V想，這並不是帝國主義者對中國人保護得力，這完全是中國兵的紀律太壞了。他聽見到一處搶一處的某軍和某軍，就十二分的害怕。

V送妻子到租界上去後，自己再搭小划子回W城。近黃昏時分了，划子蕩到江心時，槍聲滿江面了。V到這時候卻一點不驚恐了。他還覺得划子走快了些，沒有充分地觀察敗兵沿江拉划子的情形。V想像今夜裡的江面情形大概可以用「宵濟終夜有聲」這一句來形容吧。

「先生們！我的小船不靠H門了！」劃夫向V和共搭划子的客人們請願。

「你就揀你方便的碼頭靠岸吧，」V回答他。

V在下面的一塊泥灘上登了岸，沿著江南岸上，他是要進H門的。過了幾條齷齪暗黑的街道，他看見由下游敗退下來的兵士像蛆蟲般的擠擁著。到了P碼頭了。近P碼頭的城角本拆毀了一處——大概這是P省建設廳一年來的成績吧——，V想，不要再進H門吧，就從這裡進去吧。但他看見這條進路口上也站著幾個荷槍的兵士，他有點害怕，躊躇了一會才走上前去。果然那幾個兵士持著槍來攔阻他。

「往哪裡去！?」操湘音的灰衣大漢喝問他。

「回家去的。」V戰戰兢兢地恭恭敬敬地回答他。

「你住哪一塊?」兵士再高聲地問他。

「就在這裡面的K坊巷。」

一個兵士在V的身上摸索了一回，才讓V進去。

進了城後，他想X軍的軍紀還不錯，他們搜身的時候沒有把自己袋子裡的兩塊現洋光復了去。

這晚上V一個人睡在家裡，心地異常平靜的聽了幾個鐘頭的槍聲和炸彈聲，但他沒有半點憂慮，因為妻子已經到了安全的地界裡，在這W城中的家已空無一物，徒有四壁了。

V起來時，紅日滿窗了。章媽進來打洗臉水給他洗漱。

「昨夜裡放槍放得厲害呀。嚇得我一晚上睡不著。」

「怎麼不見有潰兵進來搶呢？」V說了後又後悔。他想，人類總是這樣自私自利的。

「還不是搶了幾家店子！不過沒有搶到這裡來罷了。」

不一會，老吳也進來報告消息。

「兵退了。兵全退了。只有一兩個兵士守城門了。像劉備取成都。各家店門首都掛起歡迎的紅旗了呢。哈，哈！哈！」

V洗漱了後，匆匆地吃了兩小碗稀飯就由後門出來打算到T街去看F一家人，因為昨夜黃昏時分F還打發一個人送了封信來叫V快送家小到他家裡去躲幾天，並且說今晚上定聽得大砲聲呢。

V出來先到黃鶴樓前的城牆上望了望H門前出入的人們。他知道平民可以行動自由了，只有由江那邊來的兵士或形跡可疑的才要受檢查。V忙由城牆下來走進H門大街裡來。他看見各家店門首都懸著黨國旗，還有幾面用紅紙做的歡迎旗在空中飄動。V想，又是一番新世界了，他走了一會，忽然看見一間公共廁所，他就想撒溺了。他向前後左右望了一望，沒有認識的人，他就走進廁所裡來。走進來後，他才失悔不該進來，因為幾個毛坑都給人盤踞住了，他們都像新得勢的軍閥占據著地盤般的滿面驕氣和臭氣。V待轉身，忽然有一個人站起來打算讓地盤給他。他想，中國的乾淨土都給軍閥們占據完了，只有這一小塊非乾淨土，我可聊把它占領占領，撒一泡尿進去吧。V一面扯褲腰，一面望給一班無智識階級鬼畫葫蘆地塗滿了的牆壁，他發見了一聯反革命的文章了。

那聯文字是，「革命不能成功，同志無須努力。」V想，這絕不是無智識階級的人寫的了，是個很有智識並且很頑固的人寫的吧。他當時斷定這聯文字定是歲數在五十以上的人寫的，因為這些老年人雖有點智識但絕不願意讓年輕人在革命道上先跑。他罵先跑得快的青年，「疾行先長者謂之不弟！」他們的意思是，革命是應當由幾個老同志引導的，革命只是他們老者專幹的職業。中國人到底不能革命，因為「依老賣老」和「尊老」的封建習慣不能完全打破！V想，老者長者在毛廁裡撥的這聯文章完全是批評他們自己了。這種反革命的文字，公安局是有嚴禁及檢查的責任。但是斯斯文文的巡警哪裡肯走進這樣臭而且髒的廁所裡來行他的職權呢。

V到F家裡後，就把途中所聞所見一一的告訴F。

「不錯，中國人的國民性是尊老崇古的。你看那有名的革命領袖先由東而西，再由西而東，再由東而西，最後由西而南，近又由南而東，到處受歡迎，到處講演；但他自己沒有半點主見，前話不對後話；革命青年猶奉之若神明，這不是封建思想是什麼！？」

「是的，現在割據的局面完全變成功了。一年來的革命到今天才成功！以後我們可以安居樂業長享太平了吧。」

「……」F沉著臉不說話，但表示出一種看不起V的顏色來。

V在F家裡坐了一忽，和F一路出來在街上轉了一轉，看見滿街都貼著「歡迎得勝軍」的標語了。

「不錯，『歡迎得勝軍』真是千古不變的公理！」

「大概總有半年的太平可享了吧。」

「有兩三個月的太平，我就很滿足了。不單是我個人，一般的人民都是這樣想吧。」

「我要到租界上接妻子回來享這短期間的太平了。明天再見！」

V在一個十字路口向F脫帽告別，F微笑向他點首，像笑他卑怯，又像嘲笑他過於自私自利。

電子書購買

爽讀 APP

國家圖書館出版品預行編目資料

冰河時代：油鹽柴米的代價，將時光全都糟蹋 / 張資平 著 . -- 第一版 . -- 臺北市：崧燁文化事業有限公司 , 2023.10

面；　公分

POD 版

ISBN 978-626-357-651-3( 平裝 )

857.63　　112014391

# 冰河時代：油鹽柴米的代價，將時光全都糟蹋

臉書

作　　者：張資平

發 行 人：黃振庭

出 版 者：崧燁文化事業有限公司

發 行 者：崧燁文化事業有限公司

E-mail：sonbookservice@gmail.com

粉 絲 頁：https://www.facebook.com/sonbookss/

網　　址：https://sonbook.net/

地　　址：台北市中正區重慶南路一段六十一號八樓 815 室

Rm. 815, 8F., No.61, Sec. 1, Chongqing S. Rd., Zhongzheng Dist., Taipei City 100, Taiwan

電　　話：(02) 2370-3310　　　傳　　真：(02) 2388-1990

印　　刷：京峯數位服務有限公司

律師顧問：廣華律師事務所 張珮琦律師



定　　價：250 元

發行日期：2023 年 10 月第一版

◎本書以 POD 印製